스키마
SCHEMA

스키마

초판 1쇄 발행 2019년 11월 29일

글·그림 조안영
펴낸이 장길수
펴낸곳 지식과감성#
출판등록 제2012-000081호

디자인 박예은
편집 이현, 박예은
교정 김연화
마케팅 고은빛

주소 서울시 금천구 벚꽃로298 대륭포스트타워6차 1212호
전화 070-4651-3730~4
팩스 070-4325-7006
이메일 ksbookup@naver.com
홈페이지 www.knsbookup.com

ISBN 979-11-6275-878-6(03810)
값 13,000원

ⓒ 조안영 2019 Printed in Korea

잘못된 책은 구입하신 곳에서 바꾸어 드립니다.
이 책의 전부 또는 일부 내용을 재사용하려면 사전에 저작권자와 펴낸곳의 동의를 받아야 합니다.

이 도서의 국립중앙도서관 출판예정도서목록(CIP)은 서지정보유통지원시스템
홈페이지(http://seoji.nl.go.kr)와 국가자료공동목록시스템(http://www.nl.go.kr/kolisnet)에서
이용하실 수 있습니다. (CIP제어번호 : CIP2019044163)

 홈페이지 바로가기

이 책은 광주광역시·광주문화재단의 지원으로 제작되었습니다.

스키마

SCHEMA

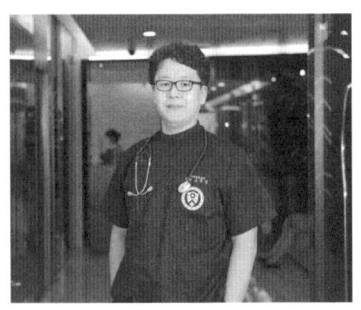

조안영

· 성형외과 전문의, 의학박사
· 2017, 무등일보 신춘문예 단편소설
  『두 개의 그림자』

"무의식을 의식화하지 않으면
무의식이 우리의 삶의 방향을 결정하게 되는데,
우리는 바로 이런 것을 두고 운명이라 부른다."

- 칼 구스타프 융 -

목차

認知 인지　　　　　　　7

暗默的 記憶 암묵적 기억　43

回避 회피　　　　　　　91

解離 해리　　　　　　　131

SCHEMA 스키마　　　175

苦海 고해　　　　　　　253

작가의 말　　　　　　　268
추천의 글　　　　　　　270

認知

인지

인지(cognition)란 지각·재인(再認)·상상·추론을 포함하여 지식을 구성하는 모든 의식적 과정을 포함한다. 인지는 인식의 경험으로 설명할 수 있는 모든 정신과정을 포함하는데 인식의 경험은 감정이나 의지의 경험과는 구별된다. 인지의 본질은 판단이며 판단을 통해 어떤 대상은 다른 대상과 구별되고, 그것이 어떤 한 개념 또는 몇 가지 개념에 의해 특징지어지는지를 규정한다.

1
SCHEMA

"하고 싶은 말은 없습니까?"

첫 면담부터 재촉할 수가 없었다. 침묵이 길어질수록 형량 또한 늘어난다는 걸, 그녀도 알고 있을 것이다. 그녀의 침묵은 그녀의 '자유의사'이므로 섣불리 대답을 유도하거나 강요하는 것을 삼가야 했다. 이 사건의 핵심은 자의냐, 그렇지 않으냐의 문제였다.

유리창에 덧댄 방범창 사이로 차가운 햇살이 날카롭게 들어왔다. 실내는 적막하기만 했다. 테이블 앞에 앉은 그녀는 살인을 저지른 사람이라고 보기엔 너무나 선한 눈을 하고 있었다. 숨을 쉴 때마다 그녀의 입에서 하얀 김이 새어 나왔다. 형석은 의미 있는 무언가를 기다리고 있었지만 그녀의 입김은 좀처럼 음절로 체화되지 않았다.

한숨을 내쉬던 그녀가 살며시 고개를 떨어뜨렸다. 시선이 머리카락을 따라 그녀의 가슴 위로 쏠렸다. 연녹색 죄수복 앞섶이 벌어지며, 설핏 푸르스름한 무언가가 눈에 들어왔다.

죽은 남자는 작사가이자 작곡가이면서, 유명 사립대학

의 실용음악과 교수였다. 신고를 받은 119 구급대가 현장에 도착했을 때, 그의 아내는 피범벅이 된 채 죽은 남자의 옆에 태연히 앉아 있는 상태로 발견되었다. 지금처럼 선한 눈빛을 하고서.

남자는 51세, 아내는 29세. 스승과 제자로 만나 많은 나이 차를 극복하고 결혼해 행복한 가정……을 이루었다고 주변에서 말하곤 했다. 남자는 어린 시절 미국으로 유학을 떠나, 보스턴에 자리한 버클리 음악 대학에서 현대 실용 음악을 전공하고 박사 학위까지 마친 인재였다. 이후 미국의 모교에서 교수로 활동하던 남자는 종신 교수 제안을 받고 한국으로 돌아왔다. 그의 명성은 국내에서도 이미 자자했으며, 한국으로 돌아온 이후에도 많은 히트곡과 함께 새로운 시도들을 선보이며 유능한 아티스트를 배출하고 있었다. 그의 아내는 초창기 그의 제자 중 하나였다.

핏덩이가 말라붙은 채 침대 매트리스 위에 어지럽게 엉겨 있었다. 피의 양으로 미루어, 피해자는 침대 위에서 즉사한 것이 분명했다. 그 외에 그곳이 살인 현장이라고 인식할 만한 것은 어느 것도 없었다. 침대 위의 혈흔과 칼, 그뿐이었다.

"아니, 꼭 사건 현장까지 보셔야 해요? 정신 감정의가 사건 현장 본다는 말은 첨 들어봐서, 이것 참……."

조 형사가 폴리스 라인 밖에서 투덜댔다. 정신 감정은 범인의 심리 검사이지만 동시에 범인과 피해자의 정신 분석이자 정신 부검이기도 하다. 살인이라는 사건이 일어나기 전의 범인과 피해자가 살았던 환경을 본다는 것, 살인이 실제 일어난 현장을 본다는 것은 범인과 피해자의 성향과 상황, 각자의 정신 반응과 둘 사이의 상호 관계를 가늠하는 데 상당히 유용한 일이기 때문에 중요한 사건에서는 가급적 현장을 확인할 필요가 있는 것이다. 이번 사건의 경우도, 형석은 현장을 꼭 봐야겠다고 주장했는데, 일반적이지 않은 사건의 정황들과 특이한 피감정인의 반응에 대한 일말의 단서라도 필요했기 때문이었다. 더구나 이번 사건의 피해자는 유명인이었으며, 가해자인 여성이 학대받은 것으로 언론에 보도되면서 여성계를 비롯한 온 국민의 관심이 집중되고 있었기 때문이었다.

학대의 관점에서 볼 때 사건의 피의자, 그러니까 피감정인은 지배를 받는 쪽이었다. 종속의 관계는 피감정인의 자아가 미성숙했던 학창 시절부터 꾸준히 지속되었을 것으로 추측할 수 있었다. 그런 상태로 오랫동안 길들여진 피지배자가 지배자를 살해하는 건 흔한 일이 아닌데, 이를테면 그건 쿠데타와 같은 일이다. 피감정인의 선한 눈에서, 형석은 그런 무력 혁명을 시도할 어떠한 동기나 징후도 찾을 수가 없었다.

만일이지만 둘 사이의 관계가 물리적 학대로 지속되었고 충동적 살해로 이어진 것이라면, 둘 사이의 종속 관계는 길지 않거나 최근 시작된 경우가 흔하다. 그리고 대부분의 경우, 학대를 받는 쪽은 의존의 스키마를 갖고 있어, 대항하지 못하기 때문에 뚜렷한 폭력의 증거들이 피해자의 신체와 생활 환경에서 다수 발견되기 마련이다. 이번 피감정인과 그 주변에선 그런 흔적을 찾을 수 없을 뿐더러 그와 같은 전형적인 살해 동기를 갖다 붙이기에도 무언가 빠진 조각이 있는 느낌이었다. 그게 무엇인지, 형석은 그걸 찾아야만 했다.

화이트 톤 벽지와 가구로 꾸며진 오십 평 정도 넓이의 실내였다. 인테리어가 아내의 취향에 따른 것이라면, 아내는 지나치게 깔끔하고 강박적인 성격을 갖고 있음이 분명했다. 병적인 강박증을 의심할 정도까지는 아니다. 인정 욕구에 목마른, 이를테면 '착한 아이 신드롬'처럼 애정 결핍의 방어 기제 정도를 생각해 볼 수 있을 것 같았다. 아이 방은 말끔히 정돈되어 있었다. 그래서인지 초등학생 남자아이의 방답지 않았다. 집 안의 가구들 사이에 먼지가 좀 앉아 있을 뿐, 인테리어 잡지에 나와도 손색이 없을 것처럼 실내는 깔끔했다. 어느 집에서나 볼 수 있는 큰 가족사진이 거실 한쪽 벽면 전체를 차지하고 있었다. 앳된 피의자 가슴에 돌 즈음의 갓난아이가 안겨 있는 사진이었다. 이 아이가 초등학생이 되었다면 사진은 수년 전에 찍었을 것이다. 아이는 자아 정체성이 완성되는 시기를 지나고 있다. 아이가 곧 알게 될 이 살인 사건 속의 사실들을 어떻게 받아들일지 걱정이 들었다. 가족사진 액자가 조금 틀어져 보였다. 형석은 무심코 액자를 밀어 반듯하게 맞췄다. 그러자, 액자의 틈 사이로 손톱만 한 흠집이 보였다. 벽면이 무언가에 찍혀 패이고 벽지가 뜯겨 나간 자국이었다. 무심히 바라본 발밑에도 둔탁한 물체에 찍힌 원목 마루가 보였다. 작고 사소하지만, 위력의 흔적일 수 있었다.

형석은 집 안의 곳곳을 좀 더 자세히 들여다봤다. 하얀 눈에 덮여 가려진 흔적들처럼, 집 안 곳곳에 숨겨진 증거가 하나씩 그의 눈에 들어오기 시작했다. 위력을 행사한 증거라고 볼 순 있지만, 그걸 폭력의 증거라고 보기엔, 다소 성급한 것도 사실이다. 원래 가정 내에서의 폭력은 겉으로 잘 드러나지 않기 때문에 이 또한 섣불리 판단할 수 없는 문제다.

형석은 피해자가 피의자를 상습적으로 폭행했을 것이라는 조 형사의 처음 주장을 그대로 신뢰하진 않았다. 그럼에도, 드러난 흔적들에 초점을 맞춰 상황을 가정해 보면, 가정 안에서의 폭력의 가능성을 완전히 배제할 순 없어 보였다. 문득 그녀의 가슴에 있던 푸른 자국이 떠올랐다.

이런 방향으로 가설을 설정해 보자면, 둘은 교수와 제자 사이였기에 강력한 종속 관계가 형성되었고, 이에 기반을 해 아내를 조종했을 것이라는 시나리오가 가능했다. 이에 반대되는 정황들도 있다. 먼저 그런 관계가 지속되기엔 혼인 기간이 너무 길다는 점이다. 이런 경우, 일반적인 상황이라면 가족과 주변의 개입이 이루어지기 때문에 정신적이거나 신체적인 학대로까지 악화되긴 어렵다. 촉탁받은 이 사건의 경우, 피감정인의 반응을 납득하려면 일반적이지 않은 상황, 즉 완벽한 고립 상태가 되었을 때나 가능한 이야기였다.

만에 하나 그러한 고립 상황이 오랜 기간 지속되었다면 비로소 가해자는 절대적인 존재로 승화될 것이고, 피감정인은 완벽한 고립으로 인해 일종의 혼란을 겪었을 가능성이 있다. 이런 예는 스트레스 상황에 고립된 인질이 권력을 쥔 인질범에 동화되는 스톡홀름 신드롬에서 흔히 찾아볼 수 있다.

이런 상황의 피해자들 대부분은 인지 기능이 심각하게 왜곡되어 있기 때문에 폭행을 당한다 해도, 이를 애정 표현으로 받아들인다. 자신에게 사랑과 관심이 있으니까 그렇게 예민하게 굴며 안달하는 거라고, 남편의 폭력에 정당성을 부여한다. 그녀도 남편에게 사랑받고 있다고, 그게 행복이라 믿었을 것이다. 남편의 행동은 자신이 저지른 무언지 모를 잘못 때문이라고, 남편이 말하는 대로 자신을 탓했을 것이다. 자신이 틀렸을 거라고, 자신이 느끼는 부당함은 틀린 것이라고, 그렇게 느끼는 자신이 이기적이라며 끊임없이 스스로 자책했을 것이다. 심성이 착하고 이타적인 사람들, 더 정확히는 그러면서도 자존감이 떨어져 있는 사람들은, 흔히 이런 방식으로 자신을 탓하며 고립되는 경향을 보인다. 그런 상황의 모든 약자가 그러한 것처럼.

피의자의 오빠이면서 이번 정신 감정을 부탁한 고등학교 동창인 친구의 말은 이와 조금 결을 달리했다. 사회부 기자인 피감정인의 오빠는 그녀가 수년 전부터 약간의 우울증과 불면증을 겪고 있었다고 말했다. 그는 대수롭지 않게 말했지만 그 이전의 치료 병력이 전혀 없었던 것으로 미루어, 수년 전 또는 그 사이에 이들 부부에게 무슨 일이 일어났을 거란 생각이 들었다. 어떤 에피소드 후에 급작스레 우울증과 불면증이 발병했다면, 그 에피소드는 치명적인 사연을 갖고 있기 마련이다. 친구는 그 일에 대해 아는지 모르는지, 함구로 일관했다. 대신 평소 잘 아는 의사에게 자신의 이름으로 수면제와 항우울제를 처방받아 동생에게 자주 건넸다고, 그는 자신의 할 일을 다 했다는 투로 말했었다. 그가 남편과 시댁에 흠 잡히는 일이라며 동생에게 끝까지 투약 사실을 숨기라는 당부를 했던 일로 미루어, 그는 아마도 진심으로 그렇게 생각하고 있는 듯했다.

그는, 그러면서도 자신의 동생이 어렸을 적부터 성격이 좀 예민했던 탓에 불면증이 있었고, 역시 그런 탓에 다소간의 의부증도 있었지만 그리 심한 편은 아니었다고 덧붙였다. 요즘 그러지 않고 사는 사람이 어디 있냐는 물음을 대답대신 반복했고, 그것이 그로부터 형석이 들을 수 있는 전부였다.

수년간 피의자에게 대리 처방받은 약을 건넨 피의자 오

빠의 말을 정리하자면, 피의자에게 '문제를 일으킬 만한 큰 문제는 없었다'는 것이었다. 형석은 그의 말 속에 드러난 석연치 않은 부분들이 맘에 걸렸다.

그가 생각하는 '문제'란 무엇이고, 큰 '문제'라는 것은 도대체 얼마나 심각한 것일까. 다른 사람도 아니고 피의자의 친오빠지만, 그가 전형적인 중년의 사고방식을 품고 어려서부터 가장으로서 가족을 부양해 왔던 것을 생각하면, 그 '문제'란 것이 어쩌면 상당히 심각할 수도 있겠다는 생각이 들었다. 과연 그의 대리 처방이 동생을 생각해서 선의로 행한 것일까.

조 형사가 예전에 했던 말이 떠올랐다. 그때도 형석은 감정 의사 신분으로 피의자를 이해하려 노력하고 있던 중이었고, 조 형사는 뻔한 사건에 쏟아 붓는 형석의 열정을 안쓰러워했다.

"최 교수님. 순진하시긴. 선의라는 게 진짜 있다고 생각하세요? 다른 건 몰라도 제가 이 바닥에 이십 년 넘게 있어 봐서 아는데, 그런 거? 없어요, 없어. 사람이 얼마나 사악하고 이기적인 동물인데요. 에이, 정말 말이 되는 소리를 하셔야지."

형석은 그 말에 동의할 수 없었다. 모든 사람은 선의가 있다. 형석은 그렇게 배웠고, 또 확신한다. 이를 뒷받침하는 연구 논문을, 형석은 그동안 수도 없이 봐 왔다.

그럼에도 그의 말을 완전히 부인할 수도 없다. 선의라고 불리는 사람들의 행동조차, 사실은 그 행동으로 인한 대가를 기대하는 심리가 깔려 있다고 주장하는 사람도 있으니까 말이다.

그럼에도 형석은 근본적으로는 세상 사람들이 아직도 선의를 품고 있다고 믿고 싶었다. 이 케이스에서도 피감정인에게 선의라는 이름으로 행해지고 강요된 일련의 일들이 영향을 끼친 것만은 분명해 보였다.

강요된 희생은 곧 폭력의 다른 말이기도 하다. 그런 폭력은 세대를 건너 무의식적으로 학습되었다. 지금의 세대는 이를 인지하지 못한 채 이런 사고를 흡수했고, 피해자에서 가해자로 역할을 바꾸며 성장해 왔다. 교육은 강요된 희생을 인내라는 미덕으로 포장한다. 훌륭한 아내의 모습을 무의식 속에 주입하며 학습되어진 스키마가 이 사건의 뇌관이 된 건 아닐까. 그게 진짜 '문제'가 아닐까.

피의자의 우울 증상은 점점 더 심해졌고 투약 용량이 계속 늘어갔다. 피의자의 오빠는 심해진 증상에 신경 쓰기보다, 흠 잡히는 일이 알려지는 것에 노심초사했다.

친오빠마저도 그녀의 편이 되어 주지 못한 것이 어찌 보면 이 사건의 촉매제일 수 있다는 생각이 들었다. 피의자의 입장에선 자신의 편일 거라 여겼던 가족이 남편의 폭행을 지지해 준 것이나 다름없는 상황이었다.

그렇다면, 그런 상황이라면, 피감정인에게 '안벽한 고립'이 형성될 수도 있는 일이었다. 남편은 이를 이용해 그녀의 자존감을 떨어뜨리고 비난을 일삼으며 자신이 원하는 대로 그녀를 조종했을 터였다. 가스등 효과라고도 불리는 상황의 전형적인 행태와 유사했다. 결국 그녀는 그 상황에서 빠져나올 수 있는 유일한 방법을 선택한 것이고, 그게 이 사건의 실체라는 생각이 들었다. 면담 중에 그녀가 보이고 있는 비현실감, 우울감 같은 반응들이 조금씩 이해되기 시작했다.

죽은 남편은 피해자와 가해자 중 어느 쪽에 가까운 사람일까. 어떤 사람이었기에 이런 방식으로 생을 마감한 것일까. 부검 보고서 파일에서 피해자의 사진을 꺼냈다. 다부진 체격의 남자 가슴에 2센티미터 정도의 자상이 있었다. 그 외엔 부르면 금방이라도 일어날 사람처럼 건강해 보였다. 자상을 겪은 환자의 상처 주위에는 흔히 주저흔이나 방어흔이 보이는데, 사체에는 그런 흔적이 없었다. 범인은 경험 많은 킬러처럼, 단번에 칼을 심장에 정확히 꽂아 넣었다는 얘기였다. 망설임 없이, 한 번에, 정확하게. 건장한 체격의 성인 남자라도 반항할 틈이 없었을 것이다. 심장에 꽂힌 칼을 바로 뽑았다면 피가 천장까지 뿜어져 나왔을 테지만, 피해자의 아래에 고였다는 것은 범인이 피해자의 심장에 칼을 꽂아 넣고 숨이 끊길 때까지 계속해서 칼을 손에 쥐고 있었다는 얘기다. 킬러가 피해자의 눈을 보며 몸속에 넣은 칼을 쥐고 비트는 광경이 떠올랐다. 범인은 무엇을 보고 있었을까? 잠들어 있었더라도 피해자는 칼이 몸에 들어오는 순간 눈을 뜨고 발버둥 쳤을 텐데, 왜소한 아내가 남편을 제압할 수 있을까. 아내가 남편의 배 위에 올라탄 채 범행했다면 가능할까? 그런 자세라면, 죽어 가는 남편의 눈을 정면에서 마주하고 있었을 텐데……. 남편은 죽어 가며 아내가 자신의 심장에 꽂은 칼을, 아니 어쩌면 아내의 눈을 들여다보았을지 모른다. 몸에 있는 5리터의 피가 전부 빠져나가는 짧지 않은 시간 동안 남자는 아내를 보며 무슨 생각을 했을까. 길고 긴 시간 동안, 아내는 남편의 열려 가는 동공을 보며 무슨 생각을 했을까? 무엇이 그를, 그녀를 이런 상황으로 내몰았을까?

여러 가지 의문을 제쳐 두더라도 지금까지의 모든 정황은 피의자에게 상당히 불리했다.

2
SCHEMA

처음과 달리 그녀는 네, 아니요, 몰라요 따위의 간단한 대답이 가능해졌지만, 형석은 그 속에서 어떤 의미도 찾을 수 없었다. 그녀는 감정의 둔화와 감정 표현 불능증을 보이고 있었다. 이는 모두 외상 후 스트레스 장애의 전형적인 증상이었다. 피의자는 남편의 그루밍에 의한 억압과 직·간접적인 폭력으로 인한 극심한 스트레스를 겪었던 것으로 추정되었다. 조 형사의 추측처럼, 살인도 그런 폭력에 대한 저항과 분노의 결과일 수 있다. 하지만 이는 어디까지나 가설일 뿐이므로, 판단을 내리기에 아직 많은 것들이 부족했다. 사법적인 정신 감정에서 섣부른 판단은, 감정의 방향을 엉뚱한 쪽으로 이끌 우려가 있고, 이는 피감정인의 인생 전체에 치명적인 영향을 줄 수 있기 때문에 절대 삼가야 할 일이다. 피감정인은 여전히 본인의 감정을 알지도,

이를 표현하지도 못하고 있다. 이 때문에 형석은 애를 먹을 수밖에 없었는데, 단순한 관찰자의 관점에서 그녀의 내면을 파악하기란 현재로선 불가능해 보였다. 그렇지만, 그게 정신 감정의로서 형석이 해내야 할 일이기도 했다.

형석은 아무런 소득 없는 면담 접견을 또 다시, 마무리할 수밖에 없는 처지였다.

법무부 교정직 공무원들에 이끌려 그녀는 표정 없는 얼굴로 보호감호소 접견실을 빠져나갔다. 형석은 허탈한 마음으로 책상 위에 놓인 보이스 리코더를 챙겨 가방을 꾸렸다. 힘없이 의자에 걸어 둔 재킷을 집어 들고 자리에서 일어나고 있을 때, 그녀의 변호사가 접견실로 들어왔다. 사건을 맡은 후 처음 보는 사람이지만, 형석이 이미 아는 얼굴이었다. 상황으로 미루어 보건대, 변호사는 접견실 밖에서 형석과 피의자의 대화 내용을 들으며 상황을 엿보고 있었을 것이라 짐작할 수 있었다.

"어떨 거 같아?"

변호사가 팔짱을 끼며 접견실 벽면에 몸을 기댄 채 물었다. 엿들은 변호사 자신도 이미 피의자의 답답한 인터뷰 상황을 파악했을 것이고, 변호사의 말투로 미루어 보더라도 뭔가 쓸 만한 대답을 기대하는 눈치가 아니었다. 그냥 미끼 없이 낚싯줄이라도 던져 보는, 그런 뉘앙스였다. 예전에도 수없이 그랬던 것처럼.

"글쎄."

형석은 서류 가방을 집어 들며 긍정도 부정도 아닌 말로 대꾸했다. 그렇게 얼버무리며 자리를 정리하고 방을 나서려는데, 그의 뒤통수가 계속 따가웠다.

"애들 안부는? 궁금하지도 않아?"

동작을 멈추고 형석은 서서히 고개를 그녀에게로 향했다. 항상 이런 식이었다.

"글쎄."

마음을 가다듬으며 크게 심호흡을 한 번 하고, 형석은 변호사의 얼굴을 천천히 노려보았다. 말투와 달리 평소와 다름없는 태연한 눈빛이었다. 또다시, 예전처럼, 형석은 전처의 의도를 가늠하려 머리를 굴려야 하는 상황이 됐다.

똑같았다. 사적인 이야기를 치료감호소 같은 공적인 장소에서 스스럼없이 꺼내는 것이나, 아무 상관없는 엉뚱한 얘기를 툭 던져 놓고 그에 대한 반응으로 상대를 떠보는 일, 상대가 불쾌한 반응을 보이면 자신은 전혀 그럴 의도가 아니었으므로 모든 것이 상대의 오해라며 슬며시 비난을 피해 순수나 선함을 가장하는 태도까지……. 수많은 기만과 술수, 가식 따위가 결혼 기간 내내 지속되었고 그런 것들이 모여 이혼의 사유가 되었음에도, 눈앞의 상대는 여전히 그대로였다. 바뀌리라 기대하진 않았지만, 그래도 여전한 모습에 허탈한 마음이 들었다.

결혼 생활 동안 전처는 항상 피해자의 역할을 했고, 형석은 항상 가해자의 혐의를 뒤집어써야만 했다. 형석이 취하는 행동의 의도나 결과 따위는 중요하지 않았다. 하면 했던 일로, 하지 않으면 안 했던 일로, 형석은 항상 가해자였다. 그런 비난의 대상이 가끔은 애를 돌봐 주는 부모님이, 도우미 아주머니가, 또는 아이가 될 때도 있었다.

변호사다운 논리와 이성으로 피해자로서의 지위를 획득하고 나면, 전처는 철저히 감성적으로 변해 가공된 피해를 극대화시켜 토로하는 일에 몰두했다. 그로 인해 얻어지는 위로와 보상을, 전처는 당연시하며 받아 내고 영위했다.

직장과 가정, 가족과 타인처럼 경계 지어야 할 삶의 영역에서 모호한 태도를 취하는 일도 잦았다. 불쑥 가정사에 법을 들이밀어 친척과 가족들을 당황하게 만들고, 사건 관계자를 가족 관계에 끌어들여 가족들을 불편하게 만들기도 했다. 지금과 같은 태도는 그에 비해 가벼울 수 있을 테지만, 형석은 이혼 후까지도 이런 일을 견디고 싶지 않았다.

"나는 촉탁 받은 감정 의사야. 당신과 이런 대화는 바람직하지 않다고 생각하는데?"

"또 시작이네. 자기는 어떻게 변한 게 하나도 없어?"

정말 '또 시작'이었다. 이혼 후 삼 년이면 짧은 시간도 아닌데, 어쩜 이렇게 똑같을 수가 있을까 싶어, 형석은 절로 웃음이 나왔다.

"뭐야? 비웃는 거야?"

"아니, 나도 같은 생각을 하고 있었거든."

조금이라도 변했을지 모른다고 생각했었다. 산을 허물어 아파트를 짓기에도 충분한 세월이니까. 기껏 사람의 마음이 변하는 데 무슨 그만한 세월이 필요할까 싶었다. 그런데 결국, 사람은 결코 변하지 않는다는 진리를 형석은 다시 확인하고 있었다.

아내는 자신이 원하는 게 있으면 반드시 얻어야 하는 사람이다. 그렇게 태어나고 자란 사람이다. 그러기 위해 계획을 세우고 상황을 만들며, 경우에 따라서는 사람들의 감정을 이용하는 일에 천부적인 재능이 있다. 아내는 그런 능력으로 사람들에게 인정받고 호감을 사는, 좋은 사람으로 살아가겠지만 그런 아내 옆에서 버티는 건 남편으로서나 인간으로서나 피가 마르는 일이었다.

 피의자 측 변호사가 전처라는 것을 뒤늦게 알게 된 후, 형석은 정식으로 촉탁에 거절 의사를 밝혔다. 법률 관계인이 부부거나 친인척이라면 촉탁을 거절할 정당한 사유가 된다고 알고 있었다. 하지만 이혼한 지 수년이 지난 상황에 그런 문제는 촉탁을 거절할 정당한 사유가 되지 못한다는 해명을 들었다. 세상 사람들은 그 정도의 기간이면 부부 사이의 앙금 같은 것은 말끔히 사라진다고 생각하는 것처럼 들렸다. 우습게도 변호인 측과 검찰 측, 모두 한목소리로 촉탁 거부는 불가하다는 입장을 보였다. 이들은 오히려 적극적으로 형석이 감정을 맡아 주길 바라는 태도를 보였는데, 피의자 측에선 과거의 인연 때문에 더 유리한 감정을 해 주리라 기대한 듯했고, 검찰 측에선 이혼 후 남아 있는 분노나 앙금 같은 것을 기대하고 있는 눈치였다.
 전화벨이 울렸다. 조 형사였다. 조 형사는 일을 마치는 대로 경찰서에 들러 달라는 말만 전하고 먼저 전화를 끊었다.
 무슨 일인지 물으려던 형석은 나지막이 투덜거리며 전화기를 주머니에 넣었다. 그 모습을 지켜보던 전처가 다리를 꼬고 앉으며 무심한 듯 물었다.

"무슨 일인데 와 보라는 거야?"

"이제 전화까지 엿듣니?"

"되게 까칠하네, 그냥 들렸어. 그냥 들리는 걸 어쩌라고?"

역시나 전처는 전과 달라진 것도, 앞으로 달라질 것도 없는 것이 확실했다.

왜 세월이 흘러도 사람은 변하지 않는 걸까? 학습 능력을 지닌 유일한 종족이 인류라는데, 살면서 겪는 성공과 실패를 통해 성장하고 변화되어 가야 하는 게, 그래야 되는 게 아닌가. 다윈의 진화론 따위는 모두 허튼소리 같았다. 형석은 끓어오르는 화를 억누르며 물었다.

"하고 싶은 말이 뭐야?"

"오피셜한 얘기만 하자는 거야? 사람이 그냥 궁금한 거 있으면 물어보고, 아는 사이에 개인적인 얘기도 할 수 있는 거지. 왜 항상 그렇게 삐딱해, 사람이?"

전처는 한마디도 지지 않으려는 듯이 다그쳤다.

"그럼, 여기서 나랑 데이트나 하자는 얘기야, 뭐야?"

"그건 나도 싫은데, 뭐."

짜증이 머리끝까지 밀려왔다. 형석의 표정이 변하는 걸 눈치챘는지, 전처는 다리를 풀고 고쳐 앉으며, 이번엔 장난기 빠진 목소리로 다른 이야기를 시작했다.

"피해자 말이야, 죽은 남편. 오랫동안 피의자를 상습적으로 폭행해 왔다는 건 알고 있겠지? 스승과 제자로 만난 것도 알 테고. 그 남자, 학교에서 제자들 건드리는 거로 유명했던 모양이야. 그중에 하나가 피의자였고. 아, 피의자가 혼전에 임신했었는데, 남편이 발로 차서 유산했던 건 알고 있어? 그 일로, 뭐라고 했지, 그 외상 후 후유……?"

"외상 후 스트레스 증후군?"

"그래, 그거. 그걸로 치료받은 기록도 있어. 여성 단체에서 탄원서도 넣고, 방송 인터뷰도 하고 그렇게 하면 상당 부분 형을 감경시킬 수 있을 거야. 요즘 페미니즘 열풍이 부는 거, 알지? 미투(MeToo)로 웬만한 정치인도 날아가는 시국에, 이 정도면 법원에서도 우리에게 유리하게 판결할 거야."

형석을 정신 감정 촉탁의로 추천한, 피의자의 친오빠는 형석에게 이런 사실을 전혀 알려 주지 않았다. 그게 맞는 일이긴 했다. 사적인 감정에 휘둘리지 않고 오직 환자의 상태로만 판단을 해야 하는 일이니까. 그리고 그도 형석이 그렇게 행동할 걸 알기에 숨겼을 것이다. 오히려 형석이 걱정하는 것은, 전처가 피의자의 친오빠와 형석의 관계까지 이용해 모종의 음모를 계획하고 있을지도 모른다는 것이다. 다른 사람이 아닌, 전처이기에 충분히 가능한 일이다.

"환자, 아니 피의자가 노이로제로 인한 심신상실, 심신미약 상태였다, 뭐 이런 정신 감정 보고서를 나한테 쓰라는 거야, 지금?"

"아니, 그건 당신이 판단할 문제고. 그냥 그렇다고."

또 무슨 낚싯밥을 던지려는 걸까, 하는 생각이 들었다.

전처는 결혼 전부터 피의자가 상습적으로 폭행을 당했고, 이를 견디지 못해 정당방위의 일환으로 우연히 살인을 저질렀다는 프레임으로 방어 논리를 세우려는 것 같았다. 대부분의 경우가 그렇다. 정당방위, 정상 참작 같은 단어를 사용하고, 그에 알맞은 상황이나 피의자의 정신 상태를 제시해 형량을 최대한 감경하려 든다. 피의자에게 유리한 정황이 많을수록 형량 또한 줄어드는 건 당연하다. 특히나 근간의 분위기는 여성 인권을 강조하는 마당이니, 더 많은 감경을 기대할 수도 있을 것이다. 전처가 의뢰인의 정신 감정 결과에 신경을 쓰는 이유가 그 때문이 아닐까 하는 생각이 들었다.

그런데, 막상 전처의 입에선 다른 이야기가 튀어 나왔다.

"그런 이유 때문에 스틸녹스를 복용하고 있었다는데, 그건 알고 있어? 요즘 그 약이 몽유병을 유발한다는 보고가 있던데…… 그런 경우가 아닐까? 당신 전문이잖아, 그쪽이."

형석은 순간 숨이 멎었다. 그제야 전처의 계획을 제대로 알 것 같았다. 전처는 형량의 감경이 아니라, 무죄를 주장하려는 것이다. Drug induced amnesia, 약물로 인한 기억상실이 형석의 연구 분야라는 걸, 전처는 기억하고 있었다.

전처가 능청스러운 표정으로 형석을 쳐다보았다. 피의자가 스틸녹스라는 수면제를 복용하고 있었고 그로 인한 몽유병이 있었다. 살인은 그 순간, 즉 심신상실 상태에서 이루어졌으며 피의자는 살인의 의도가 없었다는 것이 변호사가 주장할 논리였다. 논리대로라면, 전처는 심신미약이 아니라 심신상실을 이유로 감형이 아닌, 무죄를 주장할 생각인 것이다.

그녀는 이미 오래 전부터 '<u>형법 제10조, 심신장애로 인하여 사물을 변별할 능력이 없거나 의사를 결정할 능력이 없는 자의 행위는 벌하지 아니한다</u>'를 염두에 두고 있었던 모양이다.

몽유병 상태에서의 살인이라, 다시 생각해도 정말 전처다운 기막힌 발상이었다.

전처는 부부였을 당시에 형석의 연구 분야에 상당한 호기심을 갖고 있었다. 형석은, 그게 단순한 호기심인 줄만 알았다. 어쩌면 전처는 이미 그때부터, 적당한 기회에 이런 전략을 쓰려고 머릿속에 그리고 있었는지 모를 일이다. 그녀의 본성을 다시 확인하게 되자 머리털이 쭈뼛 일어서는 느낌이었다. 항상 그랬었다. 영악하게 남을 이용하는 일에 능하고, 무슨 일이든 상대의 탓으로 돌리는 일. 변호사로서는 더없이 좋은 재주일 것이다. 같이 사는 사람으로서는 지옥과 같은 일이지만.

"넘겨짚는 버릇은 여전하네."

"대개는 맞잖아, 넘겨짚는 게. 안 그래?"

전처가 맞받아쳤다. 이 또한 형석이 죽도록 싫어하는 모습이었다. 남의 이야기를 경청하지 않는 태도, 막무가내로 자신의 주장을 강요하는 버릇, 그게 받아들여지지 않으면 자신을 무시한다고 여기는 착각. 그런 모든 게 싫었다. 이 모든 것들이 이혼의 사유였다는 기억이 선명히 떠올랐다. 형석은 말없이 전처를 바라봤다. 형석의 시선을 피하며 전처가 말을 이었다.

"오해하지는 마, 당신에게 미련이 있어서 정신 감정을 부탁한 게 아니니까."

"또 멋대로……."

"먼저 갈게."

전처는 말이 끝나기도 전에 일어나, 피의자가 걸어 나갔던 문으로 사라졌다.

3
SCHEMA

"최 교수님, 첨에도 말씀드렸지 않습니까, 이건 빼박이에요. 증거가 이렇게 명확한데, 뭘 더 증명할 필요가 있겠습니까? 안 그렇습니까?"

조 형사가 형석 앞에 한 묶음의 서류철을 조심스럽게 내려놓았다. 서류철 속에는 피의자가 처방 받은 수면제, 피해자의 피와 피의자의 지문이 묻은 칼, 그리고 사망한 피해자의 사진이 첨부되어 있었다. 조 형사의 말처럼, 세 장의 사진만으로도 모든 걸 설명하는 데 부족함이 없어 보였다. 방법과 도구, 그리고 결과까지.

피의자가 진술을 거부하는 상황에서, 신뢰의 대상은 더욱더 사람보다 증거라고 불리는 흔적으로 기울 수밖에 없는 일이다.

"그리고 피의자가 이미 자백했습니다. 그래야 안 하겠습니까? 증거가 이리 확실한데."

조 형사가 아까와 다른 파일 하나를 형석에게 슬며시 밀어 주었다.

'Polygraph Test'라고 불리는 거짓말 탐지기 조사 결과였다. 전처가 이런 걸 허락했을 것 같진 않았기에 형석은 더욱 당황스러웠다.

"변호사가 동의했습니까?"

조 형사는 태연한 표정으로 대답했다.

"변호사요? 상관없습니다, 아직 선임계를 내지 않았으니까. 피의자가 동의했으니 그걸로 충분합니다, 법적으로도."

제 꾀에 넘어간 격이었다. 자신만의 전략을 짜느라 방심한 사이, 상대의 공격에 허를 찔리는 형국이었다.

"거짓말 탐지기 조사 결과는 정황 증거일 뿐인데, 형사님 말대로 증거가 명확하다면 굳이 그럴 것까지 있습니까? 피의자가 자백까지도 했다면서요."

"자백을 했긴 했는데, 그게 좀…… 이럴 땐 확실히 해 둘 필요가 있거든요. 제가 좀 감이 있는데……. 그게 있잖습니까, 피의자가 제 정신이 아니었다고 하면, 상황 좀 애매해질 수 있거든요. 이 사람들은 뭐 조금이라도 불리하면 미쳤다고 하니까. 이 여자도 좀 이상하긴 하잖아요? 멍해 보이는 게……. 근데 그런 사람들이 또 나중에 딴소리를 잘하거든요. 제가 겪어 봐서 아는데, 이렇게 딱 해 놔야 나중에 빼도 박도 못합니다. 안 그렇습니까?"

아마도 전처는 아직 이 상황을 모르고 있을 것이다. 형석은 조사 결과지를 펼쳤다. 거짓말 탐지기 조사는 질문과 답변, 그리고 그에 대한 신체 반응으로 나뉘어 기록된다.

[질문] 남편을 칼로 찔러 살해했나요?
[답변] 네.
[반응] 진실.

여기 적힌 단어들만으로도, 피의자의 의도적 살인이 충분히 입증된다. 그것도 피의자의 입을 통한 자백을, 신뢰도 높은 기계가 보증하는 방식이니 누가 반론하기도 어려울 것이다. 이 결과는 사실 의외였고, 형석에게는 좀 다른 의미로 받아들여졌다. 지금까지 면담 중에 보인 피의자의 모습과 행동이 모두 완벽하게 연출된 것이라는, 선한 눈빛마저도 연기라는 뜻이었다.

"최 교수님, '확신범'이라고 있잖습니까, 이 사람들이 무서운 게, 처음 거짓말을 시작할 땐 자기 말이 거짓인 줄 알거든요. 근데, 자꾸 거짓말을 반복하다 보니까 이 사람이 나중에 가선 자신도 그걸 진짜라고 믿어 버리거든요. 어찌나 철석같이 믿는지, 조사할 때 대화를 해 보면 억울한 표정으로 말하는 모습이 진짜 아무 잘못 없는 사람 같다니까요. 그런데 이런 놈들도 거짓말 탐지기 검사를 하면 딱 걸리게 돼 있거든요. 지가 아무리 그렇게 생각해도 사람 몸은 거짓말을 못 하는 겁니다. 조물주가 그렇게 만들어 놨거든요. 안 그렇습니까?"

조 형사는 만족스러운 표정을 짓고 있었다. 검사 결과는 피의자가 각성 상태에서 살인을 저질렀으며 범행 중 이를 인지하고 있었다는 의미였고, 전처의 전략은 휴지 조각이나 다름없게 돼 버렸다.

"말도 안 돼, 어쩌지?"

어쩔 수 없다. 그게 진실이면 진실을 받아들이는 게, 힘들더라도 그렇게 하는 것이 최선이다. 형석은 전처에게 그렇게 조언했다.

"정당방위를 주장하거나, 남편의 그루밍 폭력을 주장하면서 감형을 주장하는 게 어때? 그게 당신 애초 계획 아니었어?"

그녀가 한숨을 토해 내며 아랫입술을 깨물었다. 전처는

긴장하면 자신도 모르게 입술을 깨무는 버릇이 있다. 그 때문에 전처는 아랫입술이 윗입술보다 더 두툼했는데, 스트레스가 심한 사건을 맡을 땐 거의 두 배 가까이 차이가 나기도 했다. 한참을 고민하던 전처의 눈빛이 갑자기 초롱초롱해졌다. 무언가 생각난 듯 손가락을 딱, 하고 튕기며 전처가 형석을 바라봤다.

"꿈을 꿨을 수도 있잖아? 어때? 남편이 죽일 정도로 미웠다면, 죽이는 걸 상상해 봤을 수도 있고. 안 그래?"

그 말을 듣고 있자니, 전처가 형석을 죽이는 상상을 했거나 꿈을 꿨을지도 모른다는 생각이 들었다. 그러고도 남을 사람이었다.

몽유병은 넌렘(Non-Rem)이라 불리는 단계에서 일어나기 때문에 꿈을 꾸지 못한다. 몽유병 상태의 인간의 뇌는 몸과 완벽히 분리되기 때문에 몸이 실행한 행동을 뇌는 인지를 할 수도, 기억을 할 수도 없다. 전처의 말대로 넌렘 수면 단계에 살인이 일어났다면, 피의자는 살인을 기억할 수 없어야 한다. 반대로 렘(Rem)수면 단계라면 꿈을 꿀 수는 있지만, 몸을 움직여 살인을 실행할 수가 없다. 어떤 단계의 수면이든 모두 이 사건과 맞지 않는 가정이었다.

전처는 상황을 받아들이지 못했다. 어떻게 해서든 자신

의 전략을 끌고 나갈 생각을 하는 것 같았다.

"그럼 사건 이전이나 이후에 꿈을 꾼 게 아닐까? 그러니까, 막 죽이고 싶으면 자신도 모르게 꿈을 꿀 수도 있잖아, 그런 생각을 하다 보면 진짜 내가 그랬는지 헷갈릴 수도 있고. 나 그런 경우 많이 봤어. 그러니까, 거짓말 탐지기 조사 결과도 아마 꿈을 꾼 걸 본인이 행동한 것으로 착각한 거야. 어때? 그럴듯하지? 가능성이 없는 이야기는 아니지? 그치?"

가능성이 거의 없는 이야기다. 굳이 가능성이 있는 가정을 해 본다면, 피의자는 '기억한다', '못 한다'의 문제보다 자신의 기억을 확신하지 못하는 것이 문제였다. 사실 기억이 왜곡되는 일은 흔하다. 어떤 사건을 인지할 때, 인간은 당시의 분위기나 감정, 시간이나 상황에 따라서도 같은 사건을 전혀 다르게 인지하기도 한다. 과거 기억을 회상할 때도 저장된 기억을 불러내는 시점과 상황에 따라 다른 기억과 혼동하거나 비슷한 몇 가지의 다른 기억들이 짜깁기해서 한 사건으로 합쳐져 복원되는 경우도 있다.

만일, 이런 가정을 전처에게 말해 준다면 그녀는 또다시 이 말도 안 되는 이야기를, 기를 쓰고 말이 되게 지어낼 것이다.

형석은 대꾸 없이, 단호하게 고개를 저었다.

거짓말 탐지기 조사의 정확도는 90퍼센트 이상이지만 정황 증거이기 때문에 재판에서는 참고 자료로만 쓰인다. 그럼에도 여기엔 무시할 수 없는 이상한 힘이 숨어 있는데, 일단 기계가 유죄라는 결과를 냈다면 다른 증거가 무죄를 가리키더라도 순순히 무죄라고 믿기 꺼려진다는 것이다. 인간이 만든 기계는 '의심'이라는 인간의 본능을 건드려 한 번 빠지면 벗어나기 힘든 함정으로 몰아넣곤 한다. 그래서 거짓말 탐지기 조사 결과는 참고 자료임에도 재판 과정에서 큰 힘을 발휘한다.

"기계는 거짓말을 못해. 그리고 거짓말 탐지기 조사를 하는 사람들이 바보는 아니잖아? 질문에 따라 반응이 조금 달라질 수는 있어도, 살인이 아닌 게 살인이 되진 않아."

"쳇, 재수 없어. 당신은 뭐든 다 안다고, 당신만 옳다고 생각하잖아. 내가 당신 환자야? 왜 자꾸 가르치려들어, 재수 없게. 당신이 그렇게 잘났어? 당신은 항상 그렇게 남들보다 우월하다고 생각해? 그거 자만이야, 자기가 뭐라고, 진짜."

전처는 또다시 형석을 비난하기 시작했다. 예전에 수도 없이 그랬던 것처럼.

4
SCHEMA

 마지막 면담이었다.

 그녀는 처음과 달리, 자신의 이야기를 제법 논리적으로 표현할 수 있게 되었다. 그녀의 이야기를 듣는 동안 그녀가 이전에 보였던 증상들, 즉 외상 후 스트레스 장애가 있을 때 보이는 감정의 둔화나 감정 표현 불능 증상에 대해 형석은 다시 한번 생각하게 되었다.

 외상 후 스트레스 장애로 인한 증상이라면 그 증상들은 수개월에서 수년에 걸쳐, 아주 느리게, 서서히 호전되는 것이 일반적이다. 아니 대부분에서 그렇다는 것이 학계의 정설이다. 한 달여 만에 지금처럼 빠른 호전을 보인다는 건, 형석이 생각하기에 일반적이지 않다는 정도를 넘어서는 일이었다. 그의 진단이 잘못되었을 가능성도 고려해야 할 것 같았다. 뭔가 엇나가고 있는 기분이었다. 그렇다고 형석은 외상 후 스트레스가 아닌 다른 병명을 생각할 수도 없었다. 모든 가능성을 열어 두어야 할 것 같았다. 그러던 형석의 뇌리에 번쩍 스치는 게 있었다. 기억 상실과 이에 따르는 비현실감이었던 건 아닐까 하는 생각이 든 것도 그때였다.

만에 하나, 정말 만에 하나지만, 전처의 이전 주장대로 피해자가 꿈에 대한 경험과 실제의 경험을 혼동한 것이라면 이 모든 상황을 설명할 수 있지 않을까, 하는 생각이었다. 그땐 말도 안 된다고 생각했던 추정이 섬뜩하게 머릿속을 파고들었다.

소름이 돋았다. 만일 그렇다면, 거짓말 탐지기 조사 결과가 약물에 의한 기억 상실과 비현실감 때문이라는 설명이 가능하고, 이 때문에 꿈과 현실의 기억이 혼동되었다는 가설도 충분히 논리적으로 설명 가능했다.

다시 말하자면, 피의자가 약물의 작용으로 인해 실제 살인을 인지하지 못한 상태였고, 약물로 인한 비현실감 때문에 사건 직전이나 직후에 꿨던 꿈이나 생각을 실제와 혼동했다는 설득력을 갖춘 가정이 될 수 있는 것이다.

형석은 이를 확인하기 위해 모험을 감행하기로 했다. 그에게 주어진 시간도 얼마 남지 않았기 때문에, 형석으로서도 선택의 여지가 없었다. 그녀에게 힘들겠지만, 마지막으로 사건 당시의 상황을 기억나는 대로 묘사해 달라고 부탁했다. 이런 부탁이 모험인 이유는 기억을 회상하는 과정에서 면담 초기와 같은 퇴행이 일어날 수도 있기 때문이다. 특히 외상 후 스트레스 장애에서는 그런 퇴행이 흔히 일어나기도 한다. 만일 그런 일이 일어난다면, 그녀는 다시 한동안 입을 닫을 것이다.

걱정과 달리, 그녀는 차분히 사건 당시의 상황에 대하여 말하기 시작했다. 모호한 부분도 많고 사실적이지 않은 부분도 많았지만, 그녀는 자신의 심리적인 부분을 비교적 적확하게 묘사해 나갔다. 감정이 점점 고조되었고 마지막 살인 장면에선, 감정에 북받친 그녀가 눈물을 흘리기 시작했다.

"……찌르고, 또 찌르고 계속 찔러…… 죽을 때까지……."

반복된 살해는 억압된 분노에 대한 무의식의 전형적인 상징이다. 가방 속의 파일에는 여전히 남편의 부검 사진이 들어 있다. 칼에 의한 '단순 자상'이 육안 검시 소견이었고, 심장 파열로 인한 과다 출혈이 추정 사인이었다. 의사들이 말하는 '단순'이란 용어는 의학적으로 하나 또는 한 번을 뜻한다.

그녀에게 다시 물었다.

"기억 속에 당신의 모습이 보입니까? 좀 다르게 물어볼게요. 당신의 머릿속에 떠오르는 것이 남편을 죽이고 있는 당신의 모습인가요? 아니면 죽어 가는 남편의 모습인가요?"

무의식이 살의를 품고 약물이 무의식을 발현시켰다면, 무의식과 약물에 죄를 물을 수 있을까? 그녀의 자의식이 이를 목격하고 방관했다면 살인은 그녀의 의도일까? 그런 생각을 하고 있을 때, 그녀가 불편한 듯 몸을 비틀었다.

찰나의 순간, 형석은 그녀의 눈빛에 살기가 비치는 걸 보았다. 그녀는 눈을 한 번 길게 깜빡이고선, 다시금 예전의 선한 눈빛으로 돌아갔다.

형석은 자신이 제대로 본 건지도 확신할 수 없었다. 이 상황을 어떻게 받아들여야 할지, 형석은 고민스러웠다.

이성적이고 합리적이라 믿었던 자신의 판단이 전처의 허술한 논리로 반박되고, 피감정인이 연기한 눈빛이나 표정 따위에 이끌렸던 것일지도 몰랐다. 보이는 대로 받아들이면 누군가의 의도대로 될 것이란 말이 떠올랐다.

머릿속이 혼란스러웠고 몸이 휘청거릴 정도로 현기증이 일었다.

그때 휴대전화 벨이 연달아 울리기 시작했다.

— 어떡할 거야? 심신상실이 안 되면 심신미약이라도 가능할까? 여보세요? 듣고 있어? 살짝 귀띔이라도 해 줘, 어? 여보세요?

"미안합니다, 꺼 놓는다는 게……."

형석은 급히 전화기의 전원을 꺼 가방에 넣었다. 그녀가 전처의 목소리를 들었을지도 모른다는 생각이 들었다.

심신상실의 근거와 심신미약의 근거가, 모두 형석에게 있었다. 그리고 이 모든 심신장애를 부정할 근거도 그에게 있다. 서로 상반되고 모순된 근거를 가지고 형석은 사건의 실체적 진실에 다가가야 한다. 그에 맞는 판단을 내려야 하고 피감정인은 그 판단에 따라 피해자가 될 수도, 가해자가 될 수도 있다.

창가 구석의 라디에이터에서 딸그락 소리와 함께 스팀이 뿜어져 나오기 시작했다. 형석은 조심스레 그녀의 눈치를 살폈다. 그녀는 고개를 숙인 채 소리 없이 아주 길게, 더운 한숨을 뿜어내고 있었다.

暗默的
記憶

암묵적 기억

암묵적 기억(暗默的 記憶, implicit memory)은 과거의 경험이 도움을 주는지 의식하지 못한 상태에서 그 경험들이 현재 행동을 수행하는 데 있어 도움을 주는 기억을 말한다. 암묵적 기억에는 절차 기억(procedural memory)과 정서 기억(emotional memory)이 있다.

1
SCHEMA

 고대 마야인들이 예언했다는 지구 종말의 날이 지났는데도 세상은 멀쩡해 보였다. 낯익은 타인들의 틈 사이를 엉거주춤 지나, 현우는 빈자리에 어색하게 앉았다. 한 해가 얼마 남지 않은 날이었다. 호프집엔 이미 십여 명의 사람들이 모여 있었다. 만나기로 약속한 민철은 보이지 않았다.

 시간이 더디게 흘렀다. 목덜미가 가렵기 시작했고, 겨드랑이가 축축해졌다. 시야가 점점 흐려져 갔다.

 앞에 앉은 남자가 불쑥, 현우에게 손을 내밀었다.

 "나, 석진이야. 어……."

 어색한 표정을 숨기지 못한 석진이 그 다음 말을 생각하느라 말을 더듬거렸다.

 "어, 응, 난 현우."

 현우도 손을 내밀어 악수를 했다. 석진의 손이 차갑게 느껴졌다.

 "한잔할래?"

 그는 여전히 뭔가 불편함을 견디지 못하는 눈치였고 현우 또한 그랬다.

 "어, 응, 그래."

석진이 앞에 놓인 잔에 맥주를 따랐고, 둘은 서로 눈이 마주칠 때마다 잔을 부딪치고 한 모금씩 술을 마셨다. 시간이 가도 어색함이 가시지 않자, 석진은 몸을 틀어 옆에 앉은 또 다른 낯선 사람과 이야기를 나누기 시작했다. 주변이 웃음 섞인 대화 소리로 왁자지껄했으나, 현우는 건조한 웃음소리들과 소음 속에서 어떤 감정도 찾을 수가 없었다. 현우는 소음이 만든 어색한 침묵 속에 갇힌 느낌이었고, 그 침묵의 공간이 점점 조여들어 오는 기분이 들었다. 다시 현기증이 일었다. 가슴에 손을 얹고 깊은 숨을 내쉬어 보았지만, 심장에서 전해지는 맥박에 맞춰 시야가 흔들거릴 뿐 달라지는 건 없었다.

 애초에 초등학교 밴드 모임에 가자고 바람을 넣은 건 민철이었다.

 어느 날 갑자기 민철이 전화를 걸어 와 오랜만에 친구들과 얼굴이나 한번 보자는 말을 했을 때, 현우는 사실 적잖이 당황했었다. 그의 말이 끝난 후에도 현우는 자신이 친구라 부를 만한 어떤 친구도 생각나지 않았기 때문이었다. 생각해 보면 너울가지 없는 성격 탓인 것도 같았고, 병치레로 결석이 잦았던 탓도 있는 듯했다. 그렇다고 세상을 허투루 살진 않은 것 같은데……. 현우는 어떻게 시간이 흘렀는지, 그동안 자신은 무얼 하며 어떻게 살았는지, 잘 살았다고나 할 수 있을지 알 수 없었다. 항상 아침 여섯 시쯤 일어나고, 밤 열 시 이전에 잠들어 본 적이 없다. 다섯 번이나 괜찮은 직장에 취직했었고 지금은 부탁받은 일들을 봐 주며 잠시 쉬고 있지만 여전히 여섯 번째 직장들로부터 러브콜을 받고 있다. 이룬 것이라 해야 할지, 잃은 것이라 해야 할지 모르겠지만, 현우는 스스로를 남들보다 못하지 않다고 생각한다. 그런데, 왜 생각나는 친구가 없는지 모를 일이었다. 돌이켜 보면, 현우는 쉽게 일에 몰두하는 편이고, 더 쉽게 흥미를 잃는 성격이라, 아마 사람 사귀는 일에도 그랬을 테지 싶다. 자신을 친구라 부르는 사람은 많았지만, 현우가 친구라 부를 만한 사람은 없었는데, 민철도 이를테면 그런 친구 중 하나였다.

휴대폰을 꺼내 민철에게 문자를 보내려는 순간, 메시지 도착 알람이 울렸다.

[다 왔어, 바로 앞이야.]

민철의 문자였다. 석진은 여전히 낯선 옆 사람과 대화 중이었는데, 역시나 이름이 생소한 어떤 친구에 대해 얘기하는 것 같았다. 모두가 자연스러워 보이는 공간 속에 자신만 이방인처럼 방치되는 기분이 들었다. 꼭 끼는 옷을 입은 것처럼 몸이 불편했고, 다시 숨이 막힐 것 같은 기분이 들었다. 증상이 점점 심해지고 가슴까지 조여 오기 시작했다. 상황을 피해 보려고 슬며시 자리에서 일어서는데 석진이 현우를 향해 갑자기 고개를 돌렸다.

"벌써 가려고?"

현우는 흠칫 얼어붙었다. 석진은 놀란 말투와 달리 굳이 붙잡을 생각이 없는 표정이었다. 옆에 대화를 나누던 친구도 석진과 함께 영혼 없는 눈빛으로 현우를 투명하게 바라보았다. 그렇게 주변의 무리들이 하나둘씩 현우에게 시선을 돌리고 있었다. 등에서 식은땀이 흐르기 시작했다.

"아니, 담배 하나 태우려고."

현우는 검지와 중지를 모아, 구차하게 담배 피우는 시늉을 했다. 그제야 사람들은 고개를 끄덕이며 시선을 거두어 갔다. 엉거주춤한 까치발 걸음으로 호프집을 빠져나오자 깊은 한숨이 절로 나왔다. 들어올 땐 느끼지 못했는데, 바람이 꽤 쌀쌀했다. 골목을 배회하는 바람 속에 고기 굽는 냄새, 찌든 술 냄새 같은 것들이 배어 있었다.

모임에 나온 게 후회스러웠고 민철이 원망스러웠다. 한 번 더 깊은 한숨을 쉬며 담배를 꺼내려 호주머니에 손을 넣었을 때, 누군가 어깨를 두드렸다. 또 뭐야, 하는 생각에 인상을 찌푸리며 고개를 돌렸다.

"너, 현우 아니니?"

베이지색 바바리코트를 입은 여자가 등 뒤에 서 있었다. 컬이 굵은 갈색 머리카락이 그녀의 어깨 위에서 살랑거렸다.

누구였더라? 초등학교 동창(초등학교 밴드 모임이었으므로)일 것이라는 추측 외에 어떤 실마리도 잡히지 않았다.

"어, 응, 오랜만이야! 잘 지내지?"

현우는 차마, "너는 누구야?"라고 물을 수가 없었다.

"그럼, 너 여전하구나?"

이름을 알 수 없는 그녀가 긴 머리카락을 귀 뒤로 넘기며 현우를 바라봤다. 왼쪽 입가에 살포시 잡힌 보조개가 보였다. 그녀는 참, 예뻤다. 그런데 어떻게 기억이 나지 않을 수가 있을까. 그녀가 현우를 어떻게 기억하고 있는지, 그녀가 바라봤던 '여전한' 예전의 자신의 모습이 어떤 건지 궁금해지기 시작했다.

"어, 뭐가?"

조심스러운 현우의 물음에 그녀는 잇몸부터 보이기 시작했다.

"베이지색 바지, 예전에 넌 그 색깔 옷만 입고 다녔잖아. 멀리서 보면 꼭 바지 벗고 다닌 것 같았거든."

말을 끝맺기 전부터 웃음을 참지 못하던 그녀가 결국 폭발하고 말았다. 그녀는 목젖이 훤히 보일 정도로 고개를 젖히며 해맑게 웃었다.

"어, 응, 그래?"

　현우는 멋쩍게 뒷머리를 긁적였다. 베이지색 바지를 즐겨 입었던 기억은 있었지만, 그게 그렇게 보였으리란 건 전혀 생각지 못했었다.

"그 말투하며, 뒷머리 긁는 것도 여전하네."

　발작 같던 웃음을 멈춘 후에도 그녀는 계속 입가에 미소를 가득 머금고 있었다. 속눈썹이 긴 눈이 현우를 계속 응시하고 있는 것 같았다. 바람이 불어 그녀의 머리카락이 현우의 얼굴로 흩날렸다. 베이비 로션 냄새가 희미하게 그 뒤를 따랐다. 둘 사이엔 잠시 묘한 정적이 흘렀다. 잠시 후 그녀가 호프집 입구를 가리켰다.

"안 들어가니?"

　조금 전까지도 다시는 그 안으로 들어갈 생각이 없었는데, 그녀의 말에 현우는 망설였다.

"어, 응, 그게, 담배 하나 피우고……."

　현우는 언젠가부터 대화 앞에 대답도, 감탄사도 아닌 이상한 접두어를 사용하고 있었다.

"추우니까 빨리 들어와, 응?"

그녀의 입꼬리가 올라갔다. 미소 짓고 몸을 돌려 총총걸음으로 호프집 계단을 뛰어 올라가는 그녀의 모습에 현우는 눈을 뗄 수가 없었다. 검은 스타킹을 신은 그녀의 종아리가 눈에 아른거렸다.

누굴까? 그녀는 누구이며, 그녀가 본 현우는 누구였을까? 베이지색 바지를 입고 뒷머리를 긁는 자신의 모습이 좀처럼 그려지지 않았다. 현우는 담배를 입에 물고 라이터를 켰다. 노랗게 섬광이 일었다.

현우보다 현우의 과거를 잘 아는 사람이 있다는 생각을 하며, 흩어지는 담배 연기를 바라보았다. 마음이 포근해지는 기분이 들었다. 민철은 담배 한 개비가 다 타들어 가도록 나타나지 않았다. 그녀를 만나지 않았다면, 현우는 분명 그대로 집으로 발길을 돌렸을 테지만, 현우는 결국 꽁초를 건물 앞 화단에 던지고 다시 호프집으로 돌아갔다. 그녀는 현우가 조금 전에 앉아 있던 자리에 앉아 있었다. 석진이 또다시 반갑게 손을 흔들었다.

"현우, 너 입구에서 은주랑 만났다면서."

현우는 자리에 앉으려다 엉거주춤한 자세로 멈춰 섰다.

'아, 은주. 이름이 은주였구나.'

현우는 은주를 바라봤다. 자신을 바라보던 은주와 시선이 겹쳤다.

"여기가 네 자리야? 내가 옮길게, 그럼."

은주가 반달 모양의 눈을 하고서 현우에게 말했다.

"아니야, 괜찮아, 내가 옆에 앉을게."

현우는 은주 옆에 앉아, 조금 전에 마시던 술잔을 집어 들었다. 은주가 자신의 술잔을 들어서 현우에게 내밀었다. 둘은 잔을 부딪쳤고 잔에서는 맑은 소리가 났다.

"오랜만에 만나서 반가워. 자 건배!"

친구들은 어색하게 건배를 했고, 현우는 김이 빠진 맥주를 단숨에 들이켰다.

'은주? 은주라……'

정말 아무것도 기억이 나지 않았다.

"넌 요즘 무슨 일을 해?"

은주가 물었다.

"어, 그냥 이것저것."

일을 잠깐 쉬고 있던 현우는, 차마 직장을 구하는 중이라고 말할 수 없었다.

"넌 공부 잘했으니까, 뭐 대단한 일을 할 것 같은데? 무슨 일 하는데? 응?"

"어, 이를테면, IT 관련 일이랄까. 넌 무슨 일 하니?"

현우는 대답을 피하고 싶었다. 묻는 사람에게 다시 질문을 되돌리는 것, 답하기 싫은 질문을 피하는 가장 쉬운 방법이란 걸 그는 알고 있었다.

"나? 조그만 학원에서 애들을 가르쳐."

"선생님이구나?"

"이를테면."

그녀가 입을 가리며 수줍게 웃었다. 뭔가 궁금증을 남기고, 거기에 관심을 갖길 바라는 뉘앙스를 풍기는 것이다. 현우는 은주의 관심이 느껴졌다.

"어, 음, 뭐 가르치는데?"

현우도 은주의 관심이 필요했고, 그래서 몇 가지를 더 묻기로 했다.

"뭐, 나도 그냥, 이것저것? 호호."

은주는 재미있어 죽겠다는 듯이 자지러지게 웃었다. 그녀의 분홍색 잇몸이 반짝였다.

어색한 친구들 사이에서 은주는 줄곧 유쾌한 모습이었고, 민철은 끝까지 모임에 오지 않았다. 그날 은주와 현우는 서로 전화번호를 교환하고, 자주 보자며 가벼운 악수를 하고 헤어졌다.

2
SCHEMA

 남자가 연예 기획사 이름으로 된 명함을 건넸는데, 현우로서는 처음 듣는 이름이었다.

 "현우님이시죠?"

 30대 중반 정도로 보이는 남자는 실장보다 다른 호칭이 어울릴 것 같았다. 짧은 헤어스타일과 굵직한 금목걸이, 일수 가방 같은 두툼한 손가방을 든 그의 행색 때문이었다. 박 실장은 짧은 다리를 꼬고 앉아, 발목에 손을 얹은 채 쉴 새 없이 다리를 떨어 댔다.

 "명성은 익히 들어 알고 있습니다. 이쪽으로 꽤 실력이 좋으시다고……."

 박 실장은 자신의 말이 의미하는 바와 달리, 꽤 미심쩍은 눈빛으로 현우를 쏘아보고 있었다. 현우는 그의 기세에 눌렸다.

 "어, 저기, 어떤 쪽을 말씀하시는지……?"

 '꽤 실력이 좋다'는 말이, 현우는 낯설었다. 그가 살면서 인정받았던 쪽은 사람들이 '실력'이라고 부르는 것보다는 '잔재주'라고 불리는 것에 가까웠다. 그 때문에 다섯 번이나 취직을 할 수 있었지만 바꿔 말하면 같은 횟수만큼 회사를 그만두었다는 뜻이기도 했다. 잔재주가 종종 문제를 일으키는 탓이었다. 박 실장은 그사이 지인의 부탁으로 시작한 그 일에 대해 알고 있는 것 같았다. 기대하지 않았던 명성을, 현우는 생각지도 않았던 분야에서 누리고 있는 셈이었다.

"한여름이라고 아시죠?"

박 실장은 요즘 대세인 여가수의 이름을 언급했다. 청순한 이미지와 호소력 깊은 목소리로 애절한 발라드를 불러 요즘 한참 최고의 전성기를 구가하는 신인이었다.

"예, 저도 팬입니다만……."

현우는 박 실장의 얼굴 표정이 변하는 걸 보고서 잠시 멈칫했다. 괜한 말을 한 것 같았다.

"지금 내가 하는 말은 본인만 알고 있어야 합니다. 아시겠습니까?"

박 실장이 처음과 다르게 사뭇 굵게 깔리는 목소리로, 현우의 눈을 뚫어지게 응시하며 또박또박 끊어 말했다. 그가 풍기는 뉘앙스나 인상이 외모와 어우러져 영화에서 보던 조직폭력배의 그것과 흡사한 분위기를 자아냈다.

현우는 "네" 하고 자세를 고쳐 앉으며 대답했다. 그러지 않으려 했는데, 자꾸만 목소리가 가늘어지고 떨리는 걸

막을 수가 없었다.

"우리 가수가 데뷔 전에 사귀던 사람이 있었던 것 같습니다. 미국 놈인데…… 그놈이 SNS에 뭘 자꾸 올리겠다고……. 참, 회사로서는 우리 가수 이미지가 신경이 쓰일 수밖에 없는 상황이라서……."

박 실장은 눈을 내리깔며 어이가 없는 건지, 화가 난 건지 모를 표정을 지었다. 목소리의 톤이 낮았는데도 울림이 커서 현우는, 그의 말에 심장이 벌렁거렸고 몸이 쪼그라드는 기분이 들었다.

"저, 그런 문제라면 경찰청 사이버 수사대에 의뢰하는 것이 좋지 않을까 싶은데……. 저는 그냥 개인들의 자료나 좀 만지는…… 게다가 미국이면……."

미국 사람이라면 아마도 미국에 본사가 있는 소셜 네트워크를 이용할 것이고, 그렇다면 현우가 작업할 서버 또한 미국에 있다는 말이었다. 이건 국내 포털의 블로그나 카페 따위를 뒤지거나, 웹하드에 업로드된 자료를 삭제하는 것과는 전혀 차원이 다른 문제였다.

"일단, 회사에서 로펌을 통해 공식적인 절차를 밟고 있습니다. 어쨌든 그 부분은 염려 마시고 혀느님은 국내든, 해외든 그 자료가 유포되지 않도록 힘써 주시기만 하면 됩니다. 아시겠습니까?"

남자가 양손에 깍지를 끼며 말했다.

"그 자료라는 게?"

"뭐, 굳이 말 안 해도 아실 겁니다."

박 실장은 깍지 낀 손가락을 두두둑, 소리를 내며 구부렸다. 그의 주먹이 유난히 커 보였다.

"부탁드립니다."

박 실장은 테이블 위의 일수 가방처럼 생긴 손가방에서 봉투를 꺼냈다.

"하시던 대로 나머지 금액은 작업 성과 확인하고, 입금하겠습니다."

그는 기획사 로고가 찍힌 봉투를 현우의 앞에 툭, 던지며 자리에서 일어섰다.

"저, 잠깐만요. 그 남자……."

현우는 다급한 마음에 박 실장의 팔을 잡았다.

"네?"

멈춰선 박 실장이 고개만 돌린 채 현우를 노려봤다. 눈썹을 치켜뜨는 박 실장의 모습이 섬뜩했다. 현우는 그를 잡았던 손을 재빨리 풀었다. 간신히 침을 한 번 삼킨 후, 기어들어 가는 목소리로 박 실장에게 물었다.

"⋯⋯협박한다는 그 남자 이름이라도, 그 정도는 알려주셔야⋯⋯."

박 실장이 머뭇거리다 포기한 듯, 깊은 한숨을 내쉬었다. 그의 입에서 찌든 담배 냄새가 공기 중으로 뿜어져 나왔다.

"테리⋯⋯ 테리 킴입니다."

말을 끝내자마자, 박 실장은 루이뷔통 로고가 범벅이 된 손가방을 겨드랑이 사이에 끼고, 건들거리는 팔자걸음으로 카페를 나섰다. 그의 우스꽝스러운 걸음을 보며, 현우는 웃을 수도, 더 이상 그를 붙잡을 수도 없었다. 마른침을 삼키며 현우는 그 자리에 주저앉았다. 괜한 일을 맡았다고 후회를 하는데, 생각해 보니 자신이 일을 맡겠다고 말한 적도 없다는 사실이 생각났다. 이건 협박에 가깝다고, 현우는 생각했으나 그렇다고 별달리 뾰족한 수도 없어 보였다.

테리? 흔한 이름이었다. 킴? 한국의 '김씨'일 수도, '킴벌리' 같은 미국 성일 수도 있었다. 심지어 그 이름이 본명이 아닐 수도 있다. 흔한 것을 찾는 것이 숨어 있는 것을 찾는 것보다 어려운 일이란 것을 현우는 경험으로부터 배웠다. 탁자 위에 놓인 봉투가 제법 두툼해 보였다. 박 실장도 이미 작업의 난이도를 예상하고 있는 것이 분명했다.

현우는 테이블에 놓여 있던 커피를 들이켰다. 식어 버린 커피가 유난히 썼다. 현우의 미간에 깊은 골이 생겼다.

3
SCHEMA

사람의 흔적을 찾는 건 어려운 일임이 분명하다. 흔적이 적어도 문제지만, 너무 많은 흔적은 추적을 더욱 어렵게 한다. 인터넷과 소셜 네트워크에 널린 연예인의 흔적을 추적하는 일은 그에 비할 바가 되지 못하는데, 그건 그 많은 흔적 속에서 가짜 정보를 추려내고, 필요한 진짜 정보를 가려내는 일이 훨씬 어렵고 많은 시간이 필요하기 때문이다. 지우는 일도 마찬가지이다. 온라인상에 남긴 흔적을 모두 지우는 것은 불가능에 가깝다. 물리적으로 기계적으로 지우는 것은 물론이고, 시간이 지나 모든 것이 잊혔다고 생각할 수도 있지만, 흔적은 어딘가에 화석처럼 묻혀 있다가 언제든 한순간에 부활해 세상을 뒤집을 수 있다. 사실, 현우의 진짜 프로페셔널한 잔재주가 필요한 영역은 바로 이런 곳이다.

'테리 킴'으로 한국 계정에서 검색되는 사람은 십여 명 정도였다. 한여름의 흔적들을 추적해 가는 것보다 십여 명의 테리 킴들과 한여름 사이의 연결 고리를 찾아가는 편이 쉬울 것 같았다. 현우의 작업은 항상 쉬운 것부터 난이도를 높여 간다는 원칙을 갖고 타임 테이블을 작성한다. 대상이 되는 포털을 하나씩 검색해 나가며 쿠키[1]들을 쫓아간다. 현우는 순조롭게 작업을 시작했다. 연결 고리들이 하나둘씩 모습을 드러낼 즈음, 휴대폰에서 메시지 알람이 울렸다. 은주였다.

[나, 지금 네 오피스텔 앞인데, 시간 있어?]

오피스텔 위치를 알려 줬던가? 알려 줬다면 아마도 밴드 모임에서 그랬을 텐데……. 현우는 기억이 없다.

[응^^, 내려갈게. 어디야?]

[아니, 내가 올라갈게.]

잠시 후 은주가 오피스텔 초인종을 눌렀다. 출입문 카메

---

1 쿠키(cookie)는 사용하는 웹 브라우저가 자동으로 만들기도 하고 갱신하기도 하며 웹 사이트로 기록을 전달하기도 한다. 따라서 개인의 사생활을 침해할 소지가 있으며, 보안 문제를 유발하기도 하여 ID나 비밀번호, 신상 명세 등이 유출될 가능성이 있다. 쿠키에는 사용자가 인터넷에서 어떤 내용을 봤는지, 어떤 상품을 샀는지 등 모든 정보가 기록되어 있다.

라에 테이크 아웃 커피를 흔들어 보이는 그녀의 모습이 비쳤다.

오피스텔 현관문을 열자, 은주는 마치 여러 번 와 봤던 사람처럼 현우가 사는 공간에 들어섰다. 편한 표정으로 외투를 벗어 소파 위에 걸쳐 놓고, 그녀는 태연히 책상 위의 모니터를 들여다보았다.

"뭐 하고 있었어?"

모니터엔 한여름의 기사들이 나열돼 있었다.

"그냥."

현우는 박 실장의 험상궂은 얼굴이 떠올랐다. 은밀한 무언가를 들킨 것처럼 당황스러웠다. 다행히 은주는 한여름과 현우가 하는 일을 연관 짓지 못한 것 같았다. 허둥대는 현우에게 은주가 뭔가 생각났다는 듯이 말했다.

"참, IT 관련 일이라고 했지, 하는 일이?"

현우는 슬며시 뒷걸음으로 모니터를 가렸다.

"어, 지금은 그냥 쉬고 있어."

현우가 서둘러 모니터를 끄자 은주는 흥미를 잃은 듯, 뒤돌아 소파 위에 걸터앉았다.

"커피 한잔하고 해. 너 좋아하는 아메리카노 사 왔어. 샷 추가, 헤이즐넛 시럽 넣어서, 맞지?"

현우의 사소한 취향까지 알고 있는 그녀에게, 현우는 말문이 막혔다. 현우의 놀란 표정을 보며, 그녀는 반달 모양의 눈으로 애교 섞인 목소리를 내었다.

"어떻게 아느냐고? 바보. 저번에 말해 줬잖아."

생각까지 읽는 걸까. 소름이 돋았다. '저번'은 언제를 말하는 것일까. 여전히 혼란스러워하는 현우에게 은주는 대수롭지 않다는 듯 커피를 내밀고 자리에서 일어섰다. 기지개를 한 번 쭉 펴더니, 맥주나 한잔 마셔야겠다, 하고 총총걸음으로 냉장고를 향했다. 그 모습이 마치 자신의 집인 양 자연스러웠다.

냉장고에서 꺼낸 캔 맥주를 소매로 문지르더니 똑, 하고 뚜껑을 땄다. 시원한 소리와 함께 거품이 솟아오르자, 은주가 바로 캔에 입을 갖다 대고 꿀꺽꿀꺽 소리를 내며 맥주를 들이켜기 시작했다. 여자도 남자처럼 목젖이 움직일 수 있다는 것을 신기해하고 있을 때 은주는 꺼억, 하고 트림을 하며 현우를 향해 찡긋, 윙크를 날렸다. 그 장면이 낯이 익었는데, 마치 어제도 그랬고 그제도 그랬으며 한동안 이런 상황을 수백 번 되풀이 했던 것 같은, 말도 안 되는 익숙한 느낌이 들었다. 이십여 년 만에 다시 만난 친구라지만, 사실 그전엔 만난 기억조차 없는 여자다. 하지만 혼자 사는 집에 찾아올 만큼, 그녀는 현우와 친한 사이다. 인지되는 사실들 사이에는 알지 못하는 기억의 빈틈이 자리 잡고 있었다. 어떤 기억이 무의식에 숨어 있는 것일까. 이해되지 않는 상황에도 귀신에 홀린 것처럼 그녀와의 모든 순간이 익숙하고 자연스럽게 흘러갔다.

현우는 은주의 무릎을 베고 소파 위에 누웠다.
"은주야, 나는 어떤 사람이었어? 예전에 말이야."
현우는 머리를 돌려 은주를 올려다보았다. 은주의 가슴 앞섶이 눈앞에 와 닿았다.
"너? 글쎄……."
"그냥 어땠냐고. 궁금해서 그래."
"그냥 너 같았지. 뭐, 그냥 현우. 크크. 뭐 달리 표현을 못 하겠는데."
은주는 볼에 바람을 넣고 입술을 오므려, 귀엽고 생동한 표정을 지었다.
"그럼 나는?"
은주가 현우를 내려다보며 물었다. 호기심 가득한 눈망울이 크게 현우를 향해 깜빡거렸다. 심장 박동 소리가 점점 더 크게 들렸다. 기억이 나지 않는다는 말을, 현우는 하고 싶지 않았다.

"너도 딱 너 같았지, 뭐."

달리 할 말이 떠오르지 않았다. 고개를 갸우뚱하는 은주의 흰 목덜미가 눈에 들어왔다. 모든 일들이 물 흐르듯이, 바람 불듯이 자연스럽게 흘러갔고, 현우는 일어나고 있는 일들의 의도와 의미를 일일이 생각할 겨를이 없었다.

"하긴…… 그때도 그랬으니까. 휴우."

은주가 침대에 걸터앉아 스타킹을 신으며 희미하게 한숨을 내쉬었다. 현우는 침대에 누워 그녀를 바라보고 있었다.

"무슨 말이야? 그때라니?"

몸을 일으켜 앉으며 은주에게 물었다.

"그때 있잖아, 말없이 떠났을 때. 근데, 대체 너는 왜 갑자기 사라진 거야, 그때?"

은주는 아무렇지 않은 듯이 침대 밑에 흐트러진 옷을 하나씩 챙겨 입으며 질문을 했고, 현우는 "언제? 내가? 언제 말인데?" 하며 그녀의 등에 대고 물었다. 물음에 조바심과 다급함이 묻어 있었다. 은주가 동작을 멈추고 고개를 돌려 현우를 노려봤다. 어떻게 그걸 모를 수 있느냐는 눈빛이었다. 은주와 현우 사이에 보이지 않는 비밀의

벽이 있는 기분이었다.

"아니야, 아무것도"라고 말하고선 은주는 외투를 찾아 입고, 문 앞에서 말없이 부츠를 찾아 신었다. 그녀를 바라보고 있었지만 현우는 아무 말도 할 수 없었다. 마지막으로 오피스텔 문을 나서기 직전 은주는 다시 한번 현우를 물끄러미 바라봤다. 은주의 입이 잠깐 뒤틀렸고, 현우는 마른침을 삼켰지만, 결국엔 아무런 소리도 나지 않았.

현우는 은주를 향해 손을 흔들었고, 잠시 후 문이 닫혔다. 흔들던 손이 무색하게 느껴졌다. 은주와 현우는 도대체 어떤 사이였고, 무슨 일이 있었던 것일까?

'그때도 그랬으니까?'라는 말이 귓가에 맴돌았다.

4
SCHEMA

한국으로 등록된 도메인에서 검색된 '테리 킴'들을 한여름과 연관 짓는 건 무리가 있어 보였다. 애칭을 쓴 것일 수도 있고 줄인 이름을 쓰는 경우도 많았기 때문이다. 현우는 '테리'와 비슷한 이름, 이를테면 '테리안', '테레사' 따위의 이름을 함께 검색하고 작업했다.

오피스텔 정문 출입구 인터폰이 울렸다. 음식 배달이었다.

현우는 출입문을 열고 다시 돌아와 모니터 앞에 앉았다. 가능성 있는 '테리 킴'은 여섯 명이었다. 넷은 남자, 둘은 여자였다. 네 명의 '테리' 중 한 명이 데뷔 이전부터 한여름의 팬이었다. 그는 서울에서 태어나 국내의 사립대를 다니다 휴학했고, 그 후 캘리포니아 버클리 대학에서 작곡을 전공했다. 본명은 김수영. 미국에서 유학하는 동안 이름을 '테리'로 바꾼 것 같았다. 활발한 활동을 하던 테리는 일 년 전부터 소셜 네트워크상에서 갑자기 사라졌다. 지금까지도 활동이 전혀 없을 뿐더러 그의 계정은 그때부터 휴면 상태였다. 이전에 공개된 정보와 그가 올린 글을 분석해서 그가 사는 곳, 하는 일, 주변 인물 등을 하나하나씩 추적해 갔다.

신경질적으로 현관문을 두드리는 소리가 났다. 묵직한 철의 울림에 급박한 느낌이 들었다. 현관문을 열자, 온몸이 땀에 절어 있는 남자가 오토바이 헬멧을 쓴 채 볶음밥과 짜장면을 바닥에 던지듯 내려놓았다. 남자의 팔뚝에 반쯤 지워진 뱀 문신이 보였다. 땀과 짜장이 섞인 몸내가 열기와 함께 남자를 휘감고 있었다.

"어, 하나만 시킨 것 같은데?"

"아니, 볶음밥 하나, 짜장면 하나 맞아. 여기 만 사천 원."

남자가 눈을 마주치지 않고 영수증을 내밀었다. 목소리엔 짜증이 묻어 있었다.

"난 볶음밥이나 짜장면 하나만 갖다 달라고……."

"아니, 볶음밥이랑 짜장면 하나 갖다 달라며, 이런 씨."

말이 끝나기도 전에 남자는 헬멧을 이마 위로 밀어 올린 채 눈을 부라렸다. 현우를 노려보는 검은 낯의 얼굴엔 크고 작은 흉터가 많았는데, 그중 입가에 깊게 베인 흉터는 살기 어린 기운을 내뿜고 있었다.

"참, 존나, 아, 씨팔."

남자는 배달통을 시끄럽게 여닫으며 알 수 없는 단음들을 내뱉었다. 현우는 부들부들 떨리는 손으로 쥐고 있던 카드를 내밀었다.

"현금 없어? 카드 한다고 안 했잖아?"

현우는 남자의 얼굴을 쳐다봤다. 그는 확신에 가득 찬 표정으로, 쏟아질 듯이 눈을 부릅뜨고 있었다. 떨림의 진폭이 더욱 커진 손으로, 현우는 지갑에서 현금을 꺼내 그에게 건넸다. 남자가 성난 걸음으로 현관문을 열고 밖으로 나갔고, 현관문은 잠시 후 쿵, 하는 큰 소리를 내며 닫혔다. 남자의 찌든 땀 냄새가 여전히 집 안에 남아 있었다.

떨림은 이제 몸 전체로 퍼졌고, 얼굴까지 달아올랐다. 배고픔 대신 욕지기가 쓴 물처럼 속에서 밀려 올라왔다. 현우는 현기증에 중심을 잃었다. 간신히 문턱을 잡고 힘을 주어 눈을 뜨려고 애를 썼다. 사물이 흐리게 보이고, 마룻바닥이 울렁였다. 분노는 소모적인 감정이어서 급격하게 에너지를 소모하고 이에 따라 체내의 혈당은 급속도로 떨어진다. 분노는 어린 시절부터 당뇨를 앓고 있는 현우에게는 치명적인 감정이었다. 현우는 급히 냉장고 문을 열었다. 그리고 초콜릿을 꺼내 입에 넣고 씹기 시작했다. 흐릿하던 사물의 형상이 조금씩 제자리를 찾기 시작했다. 초콜릿 한 움큼을 더 입에 넣고서 현우는 컴퓨터 앞으로 다시 돌아와 앉았다. 포도당은 금세 온몸으로 퍼져 뇌까지 도달했다. 혈당이 올라가면서 빙빙 돌던 벽과 바닥이 차차 제자리를 찾았고, 머릿속은 비 온 뒤의 하늘처럼 맑아졌다. 작업하던 창을 닫고, 모니터에 새로운 창을 열었다. 현우가 제작했던, 그리고 이전 직장의 대표 상품이 된 배달 애플리케이션에 관리자 모드로 접속했다. 몇 개의 프로그램을 띄우고 거기에 남자의 중국집을 링크했다. 현우는 포만감이 일었다. 이제 며칠간 남자에게 엉뚱한 주문이 폭주할 것이고, 그는 있지도 않은 배달을 위해 더 많은 땀을 흘려야 할 것이다. 현우는 가슴을 막고 있던 묵직한 분노가 어느새 사라진 걸 느꼈다. 안도의 숨을 쉬었다. 이제야 다시 원래의 일에 집중할 수 있을 것 같았다. 현우는 재빨리 남자를 기억에서 지워 내고, 작업 중이던 창을 다시 열었다. 국내에선 한여름의 스캔들에 대한 내용은 아직 노출되지 않았다. 미국도 마찬가지였다. 테리의 계정은 미국과 국내에서 휴면 상태였고, 한여름 역시 소속사에서 관리하는 계정만 활발한 트래픽을 보여 줄 뿐이었다. 한여름의 개인 계정은 이미 오래전에 해지된 상태였다. 모든 상황이 무난해 보였다. 진짜 걱정이 되는 곳은 중국이었다. 그곳에선 웬만한 한국의 아이돌의 가십이 국내와 버금가는 수준으로 빨리 퍼져 나간다. 하지만 아이러니하게도, 다른 한쪽으로는 국가가 인터넷 네트워크를 완벽하게 통제하고 있다. 그러면서 국가의 관심 사항이 아닌 부분에 대해선 거의 무방비로 손을 놓고 있는 이상한 곳이다. 이곳에선 정상적인 방법으로 기사나 자료를 내리는 것은 불가능하다. 자료의 신뢰도 따위도 무시된다. 간혹 이곳에서는 군중 심리를 이용해 선동을 유도하기도 하는데, 이른바 디지털 심리전 부대가 있다. 그 존재가 공개적으로 밝혀졌지 않지만, 우리나라로 치자면 국가정보원의 심리

전 부대 같은 곳이 있어 인민들의 여론을 주도하는 공작을 펴곤 한다. 이들은 자국의 거의 모든 정보를 독점하기 때문에 이런 일들은 은밀하게 그리고 광범위하게 이루어질 수 있다. 만일 예를 들어, 중국 내에 혐한의 정서가 필요하다면, 인터넷의 공간은 쉽게 그들의 총알들이 난무하는 전쟁터가 될 것이다. 한여름의 이런 가십도 하나의 총알로 활용될 수 있는 일이며 만일 그런 일이 일어난다면, 현우로서도 전쟁을 막을 대책이 없을 것이다. 그들이 한여름을 이용한다는 가정이 틀리길 바랄 뿐이다.

현우는 그런 세계에서, 이를테면 용병이자 게릴라에 불과한 셈이다.

전화벨이 울렸다. 박 실장이었다.

― 어이, 혀느님, 작업은 좀 진척이 있으신지?

― 어, 네. 상황을 계속 파악 중인데, 아직 뭐 특별한 건 없습니다. 중국 쪽 IP에서 한여름 추정 사진이 몇 장 올라온 게 있는데. 캡처된 사진이라 흐리고 확인도 불가능해서, 아직 뭐라고 말씀드리기엔……

― 네, 그렇군요. 종종 진척되는 상황을 알려 주시고, 그럼.

박 실장이 서둘러 전화를 끊었다. 현우는 끊긴 전화기

를 잠시 멍하니 들고 있었다. 문 앞에 랩에 쌓인 채 팽개쳐진 짜장면과 볶음밥이 눈에 들어왔다.

'뭐지?'

박 실장이 내색하진 않았지만, 현우는 자신이 그의 무언가를 건드린 것 같다고 느꼈다. 가슴속에 무언가 묵직하게 잡아당기는 느낌이 들었다. 잠시 후 메신저 알림음이 울렸다. 전화기엔 박 실장의 프로필 사진이 떠 있었다.

[저번에 박 실장님 만났던 곳에서 한 시간 뒤에 만나요.
드릴 말씀이 있어요.]

현우의 고개가 절로 기울어졌다. 박 실장이 보낸 메시지라기엔 말투가, 좀 이상했다. 뭘까, 하는 생각을 하다가…… 갑자기 심장이 요동치기 시작했다.

5
SCHEMA

여자가 들어왔다. 깊숙이 눌러쓴 야구 모자, 커다란 선글라스로 얼굴 대부분을 가렸는데도 여자 주위엔 광채가 흘렀다. 빛이 카페 안으로 들어왔고 주변은 점점 밝아졌다. 현우는 그녀를 똑바로 쳐다보지 못했다. 겨우, 가늘게 실눈을 떠 그녀의 모습을 훔쳐볼 뿐이었다. 하얀 스니커즈 위로 희고 가는 발목이 눈에 들어왔다. 그녀를 한마디로 표현한다면(그럴 수 있을지 모르겠지만) 아무리 숨으려 노력한다고 해도 눈에 띌 수밖에 없는, 그런 존재였다. 그녀가 곧장 현우에게로 걸어와 현우의 맞은편 앞자리에 앉았다. 초면이라 실례한다든지, 앉아도 되느냐 따위의 예사말도 없었다. 그 움직임이 너무 가볍고 자연스러운 것이라, 현우는 그런 그녀를 그저 멍하니 바라보고 있었다. 의자를 뒤로 뺀 채 비스듬하게 다리를 꼰 그녀가 한참 동안 현우를 물끄러미 응시했다. 현우는 그녀의 표정을 읽을 수가 없었다. 선글라스 렌즈에 멍한 표정으로 입을 벌리고 있는 현우의 얼굴이 비쳤다. 그 모습이 보기 싫어 현우는 시선을 돌렸다. 스키니진 무릎 언저리에 찢어진 틈으로 흰 속살이 눈에 들어왔다. 무슨 말을 꺼내야 할지 생각이 나지 않았다. 머릿속이 하얗게 비어 버린 느낌이었다. 그녀의 핏기 없는 입술을 힐끔 쳐다보고 있는데, 그때 투명한 액체가 선글라스 속에서 떨어져 그녀의 볼을 타고 흘러내렸다.

현우는 설레고, 초조했다. 말없이 앉아 있는 그녀 앞에서, 현우는 뭘 어떻게 해야 할지 알 수 없어 안절부절못하고 있었다. 자꾸 길어지는 침묵에 숨이 막힐 지경이었다.

"예전부터……."

팬이었습니다, 라고 말하려다 멈췄다. 그 말이 사실일지라도, 지금의 그녀에게 그 말이 달가울 리 없다는 생각이 들었다. 또다시 침묵이 흘렀다.

"……된 사진."

한여름이 입을 열었다. 목소리가 잠겨 있어 현우는 그녀의 말을 알아듣지 못했다. 한여름이 흠흠, 하고 목을 가다듬었다.

"사진 말이에요, 캡처된 사진."

오디오에서 들리던 울림 깊은 소리와 달리 실제 그녀의 목소리는 실이 떨리는 것처럼 가늘고 위태롭게 들렸다.

"그 사진, 보여 줄 수 있나요?"

현우는 가방에서 태블릿을 꺼내 조심스럽게 테이블 위에 올려놓고 전원을 켰다. 태블릿 모니터의 로고가 유난히 천천히 깜빡였다. 부팅이 진행되는 동안 한여름은 초조한 모습으로 테이블 위에 두 손을 꼭 움켜쥐고 있었다. 핏기가 없는 손등이 더 투명해 보였다.

"자, 여기…… 흐려서 확실치 않다고 말씀드렸는데……."

짙은 선글라스 위로 태블릿의 화면이 반사되었다. 또다시 정적이 흐르고 선글라스 밑으로 다시 가는 물방울이 떨어지기 시작했다. 물줄기가 흘러내리면서 남긴 가느다란 선이 볼에 남아 있었다. 한여름은 굳어 버린 얼음 조각처럼 보였다.

한여름의 입꼬리가 꿈틀거렸다.

"다른 건 없나요?"

힘겹게 말을 뱉은 그녀가 한숨을 쉬며 고개를 들었다. 얼굴도 손등만큼이나 투명해 보였다.

"어, 아직은…… 캡처된 사진이라 동영상 쪽을 뒤져 보고 있습니다만……."

"지울 수 있나요?"

말을 마치기도 전에 한여름이 물었다. 얼굴에서 어떤 감정도 읽을 수 없었기 때문에 마치 그녀가 복화술을 하고 있는 느낌이었다. 현우는 한여름의 입을 한동안 물끄러미 바라만 보고 있었다.

"있어요, 동영상."

입을 악문 탓에 핏기 없는 한여름의 작은 입술이 더 작아 보였다. 거기까지 말하고 한여름은 땅이 꺼질 듯 깊게 한숨을 내쉬었다. 그녀의 숨결이 현우가 앉아 있는 곳까지 와 닿았다.

"어, 그게 유튜브 같은 데 있으면 이미 퍼져서 소용없을 텐데, 그건 아닌 것 같고……. 협박을 받고 있다면 당사자 신병을 확보하는 게 가장 확실한 방법인데…… 퍼지기 전에…….”

그녀는 고개를 숙인 채 묵묵히 현우의 말을 듣고 있었다. 현우가 말하는 동안, 한 번씩 그녀의 움츠린 어깨가 움찔거렸다.

“……문제는 중국 쪽 웹하드인데, 이건 그쪽에서도 통제가 안 되는 거라서…….”

“제발.”

듣고만 있던 한여름의 입에서 낮은 신음이 튀어 나왔다.

현우는 말을 멈췄다. 무슨 뜻인지 알 것 같았다. 이번엔 현우가 한숨을 쉬었다. 역한 그의 숨결이 그녀에게 미칠 것 같다는 생각에 현우는 숨을 멈추고 고개를 돌렸다. 남은 숨을 마저 내쉬고, 현우는 다시 그녀를 바라봤다. 가녀린 한여름의 어깨가 가끔씩 들썩거렸다.

“방법이 있겠죠, 찾아보겠습니다.”

현우는 나지막이 읊조렸다.

‘지우는 일, 그게 내 일이니까. 난 그런 일에 실력이 있으니까.’

그런 일은 경험이 중요하고, 현우는 그 일에 꽤 경험이 많았다. 이를테면 아무리 간단한 앱이라도 설계자는 뒷문(back door)과 관리자를 만들어 놓기 마련이다. 소셜 네트워크의 경우엔 이런 관리자가 컨트롤하는 영역이 크다. 일반적으로 문제가 생기면 공식적으로는 메시지를 보내 관리자가 일을 처리하도록 요청을 하는 절차를 거치게 된다. 하지만 관리자는 그런 일에 수동적일 수밖에 없고 일일이 개입하면서 겪을 불만이나 민원을 싫어할 수밖에 없다. 게다가 제한된 인원 탓에 접수된 수많은 요청을 일일이 검토할 여유도 없다. 규모가 큰 소셜 네트워크일수록 이런 관리자의 수가 많아지고, 수가 많아지면 관리에 허점이 생길 수밖에 없는데 현우는 이런 허점을 잘 알고 있다. 일을 처리하는 과정엔 대외적으로 공개하는 정상적인 방법 말고 편법도 있다. 명성을 얻은 것도 그런 편법에 익숙한 탓이다. 그리고 아주 가끔은 불법에 가까운 편법을 쓰기도 한다. 이를테면 소스코드(source code)를 변형시켜 보이지 않는 관리자가 되거나 영상 파일에 바이러스를 심기도 하고, 차단 리스트에 특정 단어를 몰래 끼워 넣기도 했다. 가상의 세계에선 불법과 편법도 가상이기 때문에 경계가 분명치 않을 때가 많다. 그 모호함의 세계가 현우의 세계이고, 사실 지금 인류의 세계이기도 하다.

작업을 마쳤다. 을씨년스러운 새벽 공기가 바늘이 되어 온몸을 찔러 댔다. 새벽의 적막함 때문인지 세상에서 떨어져 나온 기분이었다. 소름이 가시질 않았다. 춥고 외로웠다. 따스하고 포근한 촉감이 떠올랐는데, 현우는 그게 은주의 살갗에서 느낀 감촉이라는 것을 바로 알 수 있었다.

은주. 현우는 그녀가 그리웠다. 컴퓨터 모니터 하단의 시계가 눈에 들어왔다. 전화를 걸기에 너무 늦은 시간이기도 했고, 아직 이른 시간이기도 했다. 이 시간에 통화해도 괜찮을 정도로 우린 친밀한 사이일까, 현우는 다시 은주와의 알 수 없는 관계가 떠올랐다. 그녀가 현우의 과거를 속속들이 알고 있는 반면, 현우는 그녀를 기억하지도 못한다는 게, 마치 알지 못하는 적과 대면하고 있는 기분이 들었다. 현우는 침대 위에 드러누워 그런 생각을 하다 설핏 잠이 들었다.

눈을 뜨니 정오가 한참 지나 있었다. 모처럼 깊은 잠이었다. 꿈을 꿨는데, 여러 번 꿨는데, 무척 실감 나는 꿈이었는데, 상당히 선정적이고 자극적인 꿈이었는데, 그런데…… 그랬는데…… 기억이 나지 않았다. 양치를 하고, 샤워를 하고 물을 마시면서도 현우는 계속 꾸었던 꿈의 내용을 생각해 내려 애를 썼지만 모두 허사였다.

은주에게 시간 될 때 연락을 달라고 문자를 보냈다. 그러고도 넋이 나간 듯 휴대폰을 손에 쥐고 한참 동안 멍하니 앉아 있었다. 이제 무얼 하지, 생각하다가 불쑥 어떤 생각이 떠올랐다. 현우는 휴대폰 메신저를 열었다.

현우: *[바쁘냐?]*

민철: *[ㅇㅇ]*

현우: *[야, 근데 너 은주라고 알아?]*

민철: *[어떤 은주?]*

현우: *[그냥, 은주.]*

민철: *[박은주? 교회 같이 다녔던?]*

현우: *[나, 교회 안 다녔는데?]*

민철: *[그래? 그럼… 모르겠는데.]*

    [왜? 뭔데?]

현우: *[ㅠ.ㅠ]*

    [아니, 그냥. 앨범 보다가 생각이 나서.]

민철: *[아, 앨범 ㅋㅋ]*

    [요즘 애들 다 성형하잖아.]

    [그거 보고 알겠냐? ㅂㅅ.]

    [ㅇㅅㅇ]

얼결에 말했지만…… 졸업 앨범을 잊고 있었다. 현우는 휴대폰을 탁자 위에 내려놓고 오피스텔 베란다 문을 열었다. 에어컨 실외기 틈에 보관된 상자를 꺼내 그 안에서 초등학교 졸업 앨범을 찾아냈다. 이십 년이 지난 앨범은 귀퉁이가 닳고 찢겨 나간 상태였다. 몇몇 페이지는 제본된 부분이 갈라져 격자 모양의 내지가 너덜거렸지만, 앨범 속의 사진 상태는 온전했다. 현우는 조심스레 졸업 앨범을 넘겨 보기 시작했다. 수백 명의 졸업생 중엔 네 명의 은주가 있었다. 박은주와 최은주, 그리고 두 명의 김은주. 현우는 사진을 천천히 하나씩 꼼꼼히 뜯어보았지만 그들 중 누가, 현우가 만난 은주인지 알아볼 수가 없었다. 최근 사진이 필요했는데, 그러려면 결국은 또다시 소셜 네트워크를 뒤져야 하는 상황이었다.

은주란 이름은 생각보다 흔했다. 현우는 나이와 출신 지역을 중심으로 은주를 압축해 나갔다. 얼마 지나지 않아 윤곽이 나왔다. 사진이 올라와 있지 않은 두 명을 제외하고는 더 이상 압축할 사람이 없었다. 그 둘은 이곳 출신이 아니었다. 현우가 찾는 은주가 아니라는 얘기인데……. 문득, 은주가 졸업 전에 전학을 갔을지 모른다는 생각이 떠올랐다. 사진이 없는 은주가, 현우가 아는 은주일 수도 있었다. 문자를 보낸 지 다섯 시간 정도가 지났지만, 은주로부턴 여전히 답장이 없었다. 현우는 통화 버튼을 눌렀다.

"지금 거신 전화는 결번이거나 사용이 중지된……."

전화기는 꺼져 있는 것이 아니라, 아예 해지가 된 상태였다. 은주와 문자 메시지로만 연락했던 게 생각났다. 메신저로도 그녀를 찾을 수가 없는 것이다. 가슴이 철컹, 내려앉는 기분이 들었다. 그녀가 영원히 사라질 것만, 사라진 것만 같았다. 달리 방법이 없었다. 그녀의 신분증이나, 휴대폰이라도 눈여겨봐 두지 않은 것이 후회스러웠다. 억제할 수 없는 강렬한 무언가가 현우를 충동질하기 시작했다.

현우는 은주를 찾아야만 했다. 절박한 마음이 들었다. 그녀를 잃고 싶지 않았다. 현우는 다시 불법과 편법을 이용해 은주일 가능성이 가장 큰 은주를 찾았고, 그녀의 주소를 알아냈다. 찾아낸 과거 사진 속의 은주도 낯설기는 마찬가지였고, 지금의 은주와도 많이 달라 보였다. 헤어스타일이나 화장이 바뀌었거나, 아니면…… 민철의 말대로 성형 수술 같은 것을 했을 수도 있겠다는 생각이 들었다. 어쨌거나 인상이 너무 달라서, 유심히 보지 않으면 다른 사람이라 착각할 만했다.

그런 생각들 사이로 문득 어떤 생각들이 스쳤다. 현우가 은주의 모습을 (어떤 이유로) 지워 버렸던 건 아닐까, 아니면 은주가 과거의 모습을 일부러 숨기고 살아왔던 건 아니었을까. 온갖 쓸데없는 생각들이 머릿속을 휘젓고 다니며 떠나지 않았다.

찾아낸 사실들 중 유독 신경에 거슬리는 일도 있었다. 은주가 수년 전, 나이 많은 작곡가와 결혼을 했으며 자신과 꼭 닮은 어린 아들이 있다는 것이다. 그녀가 한 아이의 엄마일 거라곤 생각조차 못했다. 그렇다고 은주가 다른 사람이 되는 것은 아니지만, 현우로서는 작지 않은 충격이었다. 은주의 남편은 유명 사립대학의 교수였다. 대중 매체에 얼굴을 잘 드러내지 않기로 유명했지만, 그 바닥에서는 널리 알려진 사람이었고 많은 히트곡의 작곡자와 작사자로 이름을 올리고 있었다. 저작권료만으로도 평생 먹고살 만한 어마어마한 돈을 만지며 산다고 세간에 알려진 인물이었다. 그런 남편과 아들이 있는 은주가, 왜?

왜 현우를 찾아왔을까. 생각할수록 미로 속에 갇힌 기분이 들었다. 아직도 꿈속에서 헤매고 있는 것 같았다.

도무지 답을 찾을 수 없는 질문이 계속 머릿속을 헤집었다.

'왜?'

6
SCHEMA

"역시 혀느님이시군요, 듣던 대로 실력이 대단하십니다."

박 실장이 봉투를 내밀며 음흉한 미소를 지었다.

"어, 예, 감사합니다. 근데……."

현우는 박 실장의 눈치를 살폈다.

"네, 말씀하십시오."

박 실장은 이전과 미팅 때와 사뭇 달라진 모습이었다.

"전에 말씀드렸듯이 유출한 당사자 신병을 확보하지 않으면……."

"하하, 네, 물론이죠. 그럼요, 잘 알고 있습니다."

박 실장의 미소엔 변화가 없었다. 그의 태연하면서도, 섬뜩한 미소는 무언가를 감추고 있었다. 질문을 그만두어야 할 때라는 걸, 현우는 본능적으로 느꼈다. 현우가 공개하지 못할 자신만의 노하우가 있듯이, 그 또한 그만의 방법이 있을 것이다.

"그리고, 참, 이것도 받으시죠."

박 실장이 깜빡했다는 듯이 누런 루이뷔통 일수 가방에서 무언가를 꺼내 내밀었다. 한여름의 새 앨범 CD였다.

"우리 가수가 고맙다는 말, 꼭 전해 달라고 하더군요.

전 그럼, 이만."

박 실장이 자리에서 일어서고 현우도 그를 따라 자리에서 일어났다. 먼저 일어선 박 실장이 현우에게 몸을 기울이며 다정하게 현우의 어깨에 팔을 감쌌다. 그의 손아귀에 힘이 느껴졌다. 그가 친한 친구 사이처럼 귀에 자신의 얼굴을 갖다 댔다.

"보신 내용 발설하면, 지구 끝이라도 쫓아갈 겁니다."

박 실장은 낮은 목소리로, 현우에게만 들리게 속삭였다. 그는 이어 현우의 어깨를 '툭툭' 하고 두드렸다. 친밀감의 표현일 테지만, 분명 그럴 테지만, 현우는 온몸이 휘청거렸다. 박 실장은 분명 그럴 수 있는 사람일 것이다.

"그거 하나는 믿으셔도 됩니다"라고 말하며 뒤돌아서니, 그는 이미 문을 나서고 있었다.

'잊는 거 하나는 정말 걱정하지 않아도 됩니다.'

현우는 다시, 속으로 되뇌었다.

은주의 집이 보이는 골목 귀퉁이에 차를 세웠다. 처음 온 장소임에도 골목이 낯익었다. 이를테면 파란 대문 앞의 전봇대랄지, 담장 위로 뻗은 벚꽃나무 가지 같은 것들이 이전에도 봐 왔던 것처럼 익숙한 느낌이 들었다. 외제 승용

차 한 대가 집 앞에 멈추고, 오십 대 정도의 뚱뚱한 남자가 차에서 내려 서너 살 정도의 아이를 안고 집으로 들어갔다. 나뭇가지에서 벚꽃이 바람에 날리듯 떨어져 내렸다.

이젠, 눈에 보이는 것을 그대로 받아들일 수 없을 것 같았다. 수정체가 굴절시킨 대로 보이는 것은 왜곡되기 마련이고, 그렇게 기억도 무의식이 원하는 대로 편집되고 삭제되는 것이겠지.

잠시 후, 대문이 열리고 남자가 다시 모습을 드러냈다. 남자는 어디론가 전화를 하며 집 앞을 맴돌았다. 은주가 이미 집에 들어간 건 아닐까 하는 걱정이 들었다. 남자의 시선이 자꾸 현우가 있는 쪽을 향하는 것 같았다. 차 유리창에 진한 선팅을 한 탓에 그가 현우를 볼 수는 없을 텐데도 자꾸 가슴이 벌렁거렸다. 남자는 전화를 끊고, 가래침을 집 앞 화단에 뱉더니, 이윽고 차량 운전석에 올라탔다. 남자의 고급 외제 승용차가 현우가 있는 방향으로 향하더니, 그의 곁을 스치고 사라졌다. 현우는 그의 얼굴을 똑똑하게 바라봤다.

그녀는 왜 나타났고, 사라진 것일까. 아니, 그전에 왜 사라졌고, 다시 나타난 것일까. 현우가 지금 알고 있는 은주는, 사라진 기억 속의 은주와 같은 사람일까. 과거의 현우는 지금의 현우와 같은 사람일까. 시간이 꺾이고 뒤틀린 느낌이었다.

카시트를 뒤로 젖히자, 안주머니 속의 CD 케이스 모서리가 옆구리를 찔렀다. 안전벨트를 풀고 현우는 주머니에서 한여름의 CD를 꺼냈다. 매직으로 눌러 쓴 글자들 사이로 몸매를 그대로 드러낸 한여름이 웃고 있었다.

「To 현우, 당신과 함께했던 소중한 시간을 추억합니다. 한여름.」

'함께했던 소중한 시간.'

그런 게 있었나? 추억이라고 할 만한 게?

고개를 드니 차창 밖으로 잿빛 하늘이 점점 붉게 변해가고 있었다. 그 광경이 너무도 비현실적으로 보였다. 현우는 CD를 카스테레오에 밀어 넣었다.

한여름의 깊고 애절한 목소리가 흘러나오기 시작했다. 하늘이 핏빛으로 변하면서 눈꺼풀이 무거워졌다. 자꾸만 감기는 눈꺼풀 사이로 영화 장면이 흐르는 것 같았다. 아니면 여러 번 꿨던 꿈을 또다시 꾸는 것도 같았다. 한여름과 은주의 몸이 뒤섞이고 그 뒤에 한 남자의 실루엣이 보였다. 괄약근이 풀린 것처럼, 무의식은 외면하려 했던 그날의 기억들을 조금씩 밀어내기 시작했다. 애절한 노래 음성이 흐느낌으로 변하고, 해 질 녘의 일들이 잔잔한 스피커의 울림 속에 스멀스멀 떠올랐다. 토할 것처럼 속이 매스꺼웠다.

나신의 여인이 한 남자의 다리를 붙잡은 채 무릎을 꿇고 있다. 긴 머리채를 붙잡힌 채, 그녀는 눈물과 콧물, 머리카락이 뒤섞여 더럽고 추한 모습으로 바닥에 끌려간다. 모든 걸 포기한 모습이다. 그 뒤로 그걸 숨어 보던 남자가 있다. 남자는 실눈으로 그 모습을 훔쳐보고만 있다. 남자는 그 상황에 분노하고 경악한다. 남자는 두렵다. 마땅히 그러해야 하지만, 용기가 없다. 어쩌면, 그보다 여인의 추한 모습에 실망한 건지도 모른다. 남자가 봐 왔던 여자의 모습은 그런 게 아니었다. 남자는 피해자의 편에 서기보다 가해자 또는 방관자의 편에 서 있길 선택한 듯 보였다. 실망한 그의 눈빛이 확대되어 보인다. 그 순간에도 반나체의 여자는 남자의 손에 끌려 집 안으로 들어간다. 여자는 발버둥을 친다. 남자는 고개를 돌려 왔던 길을 되돌아간다. 그리고 남자는 잊기로, 여자를 지우기로 한다.

누구에게도 말할 수 없었던, 말없이 떠날 수밖에 없었

던, '그때도 그랬던' 일이 그 일이었을까……

현우는 그래서 그 일을, 그 일과 연관된 모든 사람을 지워 버렸던 것일까, 마치 처음부터 존재하지 않았던 것처럼?

그 일이 실재였는지, 꿈일 뿐인지 알 수 없다. 실재하지 않았던 일이 기억처럼 느껴진 것인지, 아니면 실재했었던 일이 처음처럼 생소하게 보이는 것인지, 현우는 정말 알 수 없었다. 어쩌면 훔쳐보았던 다른 누군가의 동영상을 볼 수도 있는 일이었다.

은주가 집 앞에 모습을 드러냈다. 현우는 빠르지도 느리지도 않은 걸음으로 은주에게 다가가 그녀의 어깨를 톡톡 건드렸다.

"은주야!"

컬이 굵은 갈색 머리카락이 그녀의 어깨 위에서 살랑거렸다.

입가에 가득 미소를 머금은 은주가, 속눈썹이 긴 눈을 반달 모양으로 만들어 현우를 올려다 바라보았다.

바람이 불어 그녀의 머리카락이 현우 쪽으로 흩날렸다.

"나, 이제 네가 생각났어."

은주는 웃으며 현우에게 다가갔다.

"뭐가? 뭐가 생각났는데?"

은주가 물었다.

"그때의 감정들. 그때의 일들이 아니라."

현우가 대답했다.

은주의 눈꼬리가 내려갔다. 고개를 한 번 끄덕이고 은주는 한 발짝 더 현우에게 다가섰다. 은주의 검은 눈동자에 현우의 눈동자가 비쳤다.

그 후의 일들은 자연스럽게 흘러갔다. 마치 바람 불 듯이, 물 흐르듯이······.

7
SCHEMA

누군가 현관문을 두드렸다. 현관문을 열자, 남자가 오토바이 헬멧을 쓴 채 볶음밥과 짜장면을 바닥에 힘없이 내려놓았다. 땀과 짜장이 섞인 기름 냄새가 남자의 몸에 배어 있었다.

"볶음밥 하나, 짜장면 하나, 만 사천 원."

남자가 시선을 피한 채 힘없이 영수증을 내밀었다. 현우는 지갑을 꺼내 만 원과 오천 원권 지폐를 건넸다.

남자는 잔돈을 찾는 듯 호주머니를 뒤지고 있었다. 흰 와이셔츠만 걸친 은주가 배달 음식을 옮기려고 현관으로 걸어 나왔다.

"잔돈은 됐어요, 그냥 가셔도 됩니다."

현우는 내려놓은 배달 음식을 들어 옮기며 말했다. 남자는 멈칫하며 은주의 다리와 현우의 얼굴을 번갈아 보고 있었다. 헬멧 사이로 남자의 누런 치아가 드러나 보였다. 남자가 현관문으로 사라졌지만, 그럼에도 남자의 찌든 땀 냄새가 한동안 집 안에 남아 있었다.

며칠이 흘렀는지 기억나지 않았다. 은주와 현우는 문밖으로 한 발짝도 나가지 않았다. 몇 번째인가 가늠할 수 없을 만큼, 여러 가지 배달 음식들이 집으로 배달됐다. 먹고 자고 사랑을 하면 하루가 지나갔고, 다음 날 또 다른 하루가 왔다. 시간은 현우의 오피스텔 안에 멈춰 있었다. 과거가 사라지지 않고 현우의 기억 속에 멈춰 있었듯이 말이다. 그들은, 이루지 못한 과거의 어떤 일들을 치러 내는 연인처럼, 시간을 붙들고 있었다. 영원히 그럴 수 있을 것처럼.

은주는 현우 위에 앉아 세상과 통화를 했다. 제주도의 친구네 집에 와 있다고 믿는 남편에게 그날의 일들을 말하는 중이었다. 남편은 은주의 변명을 진실로 믿는 눈치였다. 이틀 뒤에 올라가겠다고 말하며 현우에게 윙크를 흘리는 은주의 표정이 어찌나 요염하던지, 현우는 다시금 사랑에 빠져드는 기분에 휩싸였다. 이제는 그래도 된다고, 이래야만 한다고, 현우는 마음속으로 되뇌었다.

은주는 이제, 빼앗긴 자신의 시간을 오롯이 스스로를 위해 쓰는 일에 대해 생각한다. 현우는 은주를 그녀의 가정과 공유하는 일에 대해 고민한다. 현우는 이런 상황이 지금의 서로를 위해 최선이라고 확신한다. 누구에게도 피해를 주지 않고, 그들의 삶이 충만해질 수 있다면 서로에게 숨쉴 공간을 주는 일은 비윤리적이라 할 수 없다고 믿는다.

현우는 은주와 보내는 하루를 기억에 저장하고 싶다. 그뿐이다.

이제, 잊지 않을 것이라 현우는 다짐한다.

어떻게 보내더라도 하루는 지나가니까. 남는 건 기억뿐이니까. 단지 그뿐이다.

아니다.

현우는 지워지고 사라질 하루를 보내고 싶다. 오늘을 생각 없이 살고, 내일이 되면 오늘을 잊고, 다시 내일을 오늘같이 살고 싶다. 오늘을 산다는 것, 그것이 삶이라고 믿는다.

기억한다.
어떤 기억이 흔적도 없이 사라졌던 걸 현우는 기억한다. 현우의 인생 대부분이 사라진 기억 속에 있다. 기억 속에만.

존재한다.
어떤 기억은 사라진 것도 아니고 남은 것도 아닌 채 보관된다. 지워졌다고 여겨진 기억이 어느 순간 벼락같이 돌아와서 내 삶을 뒤집어 놓을지도 모를 일이다. 은주가 그랬던 것처럼.

생각한다.
기억이란 바람과 같아서, 움켜잡으려 해도 형체조차 찾을 수 없다. 기억은 또 꿈과 같아서, 끝날 것 같지 않던 고통도 깨어나면 잊히고 만다.

인간은 결국 잊는다, 그러므로 존재하는 건지도 모른다.

回避

회피

회피(avoidance)는 행동수정 절차에서, 혐오스러운 사건의 발생을 연기하거나 회피하려는 개인의 반응이며, 정신역학 이론에서는 거부(denial)의 방어 기제를 말한다. 현재 혐오 자극이 존재하지는 않지만 미리 특정 행동을 함으로써 이를 벗어나려는 시도를(자극이나 상황이 발생하지 않게 되는 경우를) 일컫는다.

1
SCHEMA

 한여름의 기사가 아침부터 포털 사이트의 검색 1위에 올라와 있었다. 아침부터 회사가 뒤숭숭할 수밖에 없었다. 전체 매출의 절반 이상을 담당하던 아이돌 팀이 대마초 문제로 활동을 중단하면서, 회사는 그나마 한여름의 매출로 간신히 버텨 오는 중이었다. 오후에 행사를 시작해서 새벽에야 일정이 끝나는 20대의 어린 가수에게 이른 아침잠을 깨워 후속곡 준비까지 시켜야 했다. 7층 대표가 너무도 가혹하게 보였지만, 그의 입장에서 보면 이해가 되자 않는 것도 아니었다. 지금은 한여름 혼자서 회사를 거의 먹여 살리고 있는 셈이었다. 진우는 한여름이 응급실에 실려 가는 것은 시간문제라고 생각하고 있었기 때문에 그리 놀랄 만한 일은 아니었다. 입원한 김에 좀 쉬는 것도 한여름에게 나쁘지 않을 것이라 오래전부터 생각했기 때문이다. 오전에 예정된 녹음 작업만 며칠 연기될 것이고, 그 동안 몇 곡을 더 편집해 작업해 놓으면 될 거라고 막연히 생각하고 있었다.

 박 실장이 험한 얼굴로 아침부터 작업실에 내려온 것도 한여름의 기사와 관련이 있을 것이라는 생각이 드는 건 당연한 일이었다. 그는 아침 일찍 7층에 다녀왔을 것이고 대표로부터 험한 말을 들었을 것이란 것도 어렵지 않게 추측할 수 있었다.

"여름이 연락 받은 적 없습니까?"

박 실장이 담배를 꺼내 물며 물었다.

"저, 녹음실에선 금연입니다."

박 실장의 눈빛에 살기가 어렸다. 종종 봐 온 눈빛이었지만, 미간 사이에 골이 깊은 주름이 더해져 섬뜩해 보이기까지 했다.

"연락 받은 적은 없습니다. 응급실에 실려 갔다는 것도 뉴스 보고서야 알았고요. 뭐 저한테까지 연락 올 일이 있겠습니까?"

포털 사이트에 한여름을 모 병원 응급실에서 목격했다는 기사와 함께, 실신한 채로 실려 왔다는 내용과 약을 먹고 자살을 시도했다는 내용의 기사들로 도배가 되어 있었다. 진우는 한여름에 대해 누구보다 잘 알고 있었다. 그가 아는 한여름은 과로 상태일 수는 있지만, 기사처럼 자살을 시도할 만한 정황도 없었고 그럴 만한 사람도 아니었다. 기사와는 무언가 다른 부분이 있을 것이고, 박 실장은 아마도 그걸 진우에게 말해 줄 것이라 생각했다.

"한여름이 사라졌습니다."

의외의 대답이었다. 엊그제 작업할 때까지만 하더라도 피곤한 모습 외에 다른 조짐은 없었다. 아니, 없다고 생각했다. 진우는 그날의 녹음을 떠올려 봤지만, 역시나 목소리가 평소보다 거친 것 빼곤 다른 것을 생각할 수가 없었다.

"혹시 여름이 연락 받으면 저한테 바로 알려 주셔야 합니다. 아시겠습니까?"

진우는 혼란스러웠다.

"네, 그러면, 그렇다면, 한여름이 저한테 왜 연락을 하겠습니까? 오늘 녹음하는 날이었는데, 저한테 말도 없이 사라졌거든요."

"그래도, 여름이가 가장 믿고 따르는 사람이 임 기사님 아닙니까? 아니 됐습니다. 어쨌든 연락 오면 알려 주기나 하세요. 아시겠습니까?"

자신의 강압적인 말투가 상대에게 얼마나 위협적으로 들리는지, 박 실장 본인도 잘 알고 있을 것이다. 상대를 압도하는 힘은 폭력보다는 말과 표정, 그리고 그게 만들어 내는 분위기라는 걸, 박 실장은 누구보다 잘 알고, 이를 효과적으로 활용하는 데 능숙했다.

모 병원에서 입원 치료 중이라는 기사로 미루어 기자들

은 아직 한여름의 실종을 모르는 눈치였다.

한여름이 사라졌다. 회사의 가장 큰 재산이 사라졌으니 7층 대표님이 노발대발할 것은 분명했다. 대마초 사건으로 홍역을 치르고, 이후로도 자숙하지 못하고 클럽에서 사고를 친 남자 아이돌 문제로 여전히 골치를 앓고 있는 중이었다. 얌전하고 개념 있는 이미지로 콘셉트을 잡아 오던 한여름의 실종은 대표님이 급히 해결해야 할 문제임에 틀림없어 보였다.

"그리고, 참."

녹음실을 나서려는 박 실장이 걸음을 멈추고 돌아섰다. 그의 손엔 불이 붙은 담배가 쥐어져 있었다.

"대표님이 보자십니다. 7층으로 올라가 보세요, 지금 바로 말입니다."

대표는 한여름의 남자 관계에 대해 아는 것이 없느냐고 물었고, 진우는 한여름이 남자를 만날 시간이나 있겠냐고, 그럴 리가 없다고 답했다. 그리고 대표는 아주 오래 동안 한숨을 쉬었다.

"혹시 대한일보에 아는 기자가 있다고 하셨죠?"

대표는 석기 이야기를 하는 것 같았다. 진우는 석기에

대한 이야기를 대표에게 한 일이 있었나 생각했다. 대표와 진우는 그런 이야기를 나눌 사이가 아니다. 단둘이 대화를 나누는 것도 처음인지라, 진우가 대표에게 친구 얘기를 꺼낸 적이 한 번도 없다는 사실만은 분명했다.

"네, 친구가 사회부에 기자로 있습니다. 근데 무슨 일로?"

"아닙니다. 아직은 연애부로 충분합니다. 다시 연락드리지요. 그만 가 보셔도 좋습니다."

대표가 책상 위에 놓인 리모콘을 눌렀다. 메탈리카의 하드락이 스피커가 찢길 듯이 진동했다. 대표는 의자를 돌려 창밖을 멍하니 응시했다. 진우는 쫓기듯, 대표실을 나왔다.

언제 올라왔는지, 대표실 밖에 박 실장의 모습이 보였다. 그는 어딘가로 전화 통화를 하는 중이었다. 그의 얼굴에 긴박함이 묻어 있었다. 눈이 마주치자, 박 실장은 진우에게 손짓을 했다. 잠시 기다리라는 말 같았다.

"이거, 혹시 어디 아무도 모르는 곳에 가서 죽은 거 아냐?"

박 실장이 전화를 끊으며 중얼거렸다. 마치 회사의 재산이 사라진 것을 안타까워하는 뉘앙스였다. 자신이 수개월 담당했던 가수를 그런 식으로 생각한다는 것이 실망스러웠지만, 그게 이 세계의 실제 모습이라는 것 또한 사실이었다. 전화기를 호주머니에 넣으며, 그가 진우에게 물었다.

"우울증 약을 먹고 있었다는데, 임 기사님은 알고 있었어요?"

 진우는 사실 알고 있었다. 사실 그 때문에 한여름이 정말 자살을 시도한 건지도 모른다는 생각을, 뉴스를 본 이후 줄곧 해 오고 있었다. 하지만, 그건 데뷔 초반의 일이었다. 진우가 알기론 약을 끊은 지, 한참은 되었다. 진우는 그냥 고개를 저었다.

 테리라고 했던가. 데뷔 전 교제했던 남자와 어떤 좋지 않은 일로 얽혀 있다는 얘길 들었다. 아마 그 때문에 한여름은 잠깐 약을 복용했었다. 대표와 박 실장은 이번 일 또한 그 일과 관련됐을 수도 있다는 생각을 하고 있는 듯했다. 진우도 그런 생각을 하지 않은 것은 아니었다. 한여름은 문제가 있을 당시 그 남자와의 관계에 있어 분노나 증오보다는 연민과 그리움 같은 태도를 보였던 것이 떠올랐다. 그 부분을 자신도 미심쩍게 생각한 적이 있었다. 그게 어떤 일인지, 진우는 사정을 정확히 알지 못했으므로 그냥 잠자코 넘어갈 수밖에 없었다. 그 얘기들은 회사 안에서도 함부로 입 밖으로 꺼낼 수 없었다. 회사의 분위기 자체가 그랬다. 그냥 모든 게 박 실장에 의해서 원만하게 해결되었다는 정도만 회사 사람들 사이에서 이야기되는 정도였으며, 그에 대해 궁금증을 갖는 것조차 철저히 차단되었다.

"잠이 잘 오지 않는다는 얘기는 들었습니다. 근데 그건 오래전이라서."

한여름이 사라졌다면, 아니 이미 사라졌으니, 그녀의 행방은 아마도 대표의 짐작대로 테리와 관련이 있을지도 몰랐다.

"혹시, 테리라는 사람에게 가지는 않았을까요?"

박 실장이 멈칫했다. 다시금 살기 어린 눈빛이 되었다.

"잘 모르면서 엉뚱한 소리 함부로 하지 마세요, 아시겠습니까?"

진우는 시선을 내리깔았다.

박 실장은 다시 어딘가로 전화를 걸기 시작했다.

"혀느님, 박 실장입니다. 일 하나 더 해 주셔야 할 것 같습니다. 네, 저번 일과 연관된 일입니다. 저번에 거기서 뵙죠. 네."

박 실장은 전화 통화를 하면서 손짓으로 진우에게 가도 좋다고 했다. 진우는 그걸 보며 꺼지라는 손동작을 떠올렸다. 받아들이기에 따라서 그렇게도 느껴졌다.

진우는 녹음실로 내려왔다. 온몸에 기운이 빠져나가는 기분이었다. 한숨이 나왔다. 곡 작업을 할 사람마저 사라진 마당이니, 당장 급한 일도 없었다. 대부분을 시간에 쫓기며 지내던 진우는 하루 종일 이런저런 상념들에 빠져들 뿐 일은 손에 잡히지 않았다. 하루가 허투루 흘러갔다.

  병원 의료진의 인터뷰 기사가 새로 실렸는데, 항간에 떠도는 소문에 대해 확인 또는 해명하는 기사였다. 의료진은 한여름이 우울증 약을 먹은 것도, 자살을 시도한 것도 아니라고 확인해 주었다. 과로와 부인과 질환이 악화돼 응급실을 방문했으며 입원 치료 중이라고 발표했다. 외부와의 접촉을 끊고 절대 안정이 필요한 상태라는 내용 외에 더 이상은 환자의 개인정보 보호를 위해 공개할 수 없다는 입장이었다.

  진우도 그렇게 알고 있었다. 한여름이 실종되었다는 애기를 박 실장에게 듣기 전까지는 말이다. 뉴스의 내용도 회사에서 이미 손쓴 듯 보였다. 정확히 병원의 발표대로 생각하고 있었다는 점은 사람들이 믿고 싶어 하는 내용으로 가공해서 제공하는 회사 홍보팀의 방법과 결을 같이했다. 진우도 속일 정도라면 얼마나 많은 연예계 뉴스들이 회사에서 만들어지고 퍼져 나갔을까, 하는 생각이 들었다. 이번 일처럼 연예인들의 모든 이미지는 7층 대표실 같은 곳에서 만들어진다는 생각이 들었다.

2

모르는 번호로 전화가 왔을 때, 진우는 상대가 한여름인 것을 직감했다.

- 어디야?

전화 상대방은 말이 없었다.

- 여름이지? 맞지? 말을 좀 해 봐.

흐느낌이 들렸다. 한여름이 지금 필요한 것은 자신의 위치를 드러내는 것이 아니라 도움을 줄 사람일 것이란 생각이 들었다.

- 내가 갈게, 괜찮아. 아무에게도 말 안 할 테니까, 어디로 갈까?

한여름은 변두리의 한 모텔 주소를 불러 주었다.

주변에 새로 지은 화려한 모텔들 사이에 한여름이 알려 준 모텔이 있었다. 겉보기에도 주변과 차이가 날 정도로 허름해 보이는 모텔이었다. 무대 위에서 화려한 조명을 받는 인기 여가수가 머무는 곳이라고는 전혀 생각할 수가 없었다. 한여름도 그래서 이런 모텔을 골라 숨어들었을 것이다.

몇 번이나 문을 두드린 후에야, 안에서 인기척이 들렸다.

"박 실장님한테 말 안하셨죠? 제가 여기 있다는 거."

문이 열리자, 한여름은 박 실장 얘기부터 꺼냈다. 그녀의 목소리가 심하게 떨렸다. 모텔 방에서 만난 한여름은 모텔만큼이나 초라해 보였다. 연예인 한여름보다는 숙박업소에서 일하는 사람처럼, 초췌하고 꼬질꼬질해 보였다.

"부탁이에요, 말 안 한다고 하셨잖아요?"

"아무한테도 말하지 않는다고 했잖아. 걱정 마."

 진우의 대답을 듣고서야, 한여름은 문 입구에서 비켜 섰다. 그리고 길고 더운 한숨을 쉬었다. 핏기 없는 얼굴이 살아 있는 사람 같지 않았다. 진우는 모텔 방으로 들어가 침대에 걸터앉았다.

"무슨 일인지 말해 줄 수 있어?"

 한여름은 모텔 방 한편에 놓인 소파 의자에 앉았다. 그리고 또 다시 한숨을 쉬었다.

"박 실장님이, 만일 박 실장님이 안다면, 진짜 저를 죽일지도 몰라요, 제발, 꼭 지켜 주세요, 네?"

 한여름이 고개를 들었다. 입술이 떨렸고, 주먹을 움켜쥔 두 손이 떨리고 있었다.

 가녀린 한여름을 꼭 안아 주고 싶었다. 그렇지만 장소를 생각하면, 그리고 상황을 생각하면 괜한 오해를 부를 것 같았다.

"말 안 할 테니까, 안심해. 무슨 일인지 나한테도 말 안 할 거야?"

한여름은 다시 고개를 숙인 채, 말이 없었다.

"그럼 뭘 도와줄까? 도움이 필요하니까, 연락했을 것 같은데?"

한여름이 주먹 쥔 손을 계속 꼼지락거렸다.

"저, 부탁이 있어요."

좀 전과 달리 개미만 한 목소리였다.

"저, 산부인과를 가야 하는데, 같이 가 주셨으면 좋겠어요. 꼭 보호자랑 와야 한다고……."

평범한 문제는 아닐 것이라 예상을 하고 있었지만, 그럼에도 진우는 한여름의 말이 무슨 의미인지 알 수가 없었다.

"어디 아프니? 거길 왜? 부모님은?"

부모님은 미국에 있으니 그런다손 치더라도, 굳이 회사에 아픈 사실을 숨기고 병원에서 도망 나올 필요가 있었을까, 하는 생각을 진우는 하고 있었다.

한여름이 입을 열었다.

"삼 개월이래요, 벌써."

이번엔 진우가 멈칫했다. 그리고 아주 긴 한숨을 쉬었다. 테리. 그 남자가 떠올랐다. 삼 개월이라면, 앨범이 나오기 직전이라 한창 바쁠 시기였다.

"테리? 혹시, 테리야? 아이 아빠가?"

진우가 물었다.

"그 사람은 상관없어요. 그냥, 그냥 같이 가 주시면 안 돼요?"

"여름아, 이건······. 그래도 테리는 알아야지. 그렇지 않을까?"

한여름은 다시 입을 다물었다. 금방이라도 울 기세였다.

쓰러져 응급실에 실려 갔을 때 했던 검사 결과 중에 임신이 확인되어, 병원에서 본인에게만 알려 줬던 모양이었다. 한여름도 그때 처음 그 사실을 알게 되었고, 당황한 나머지 병원에서 도망쳤던 일을 진우에게 이야기했다. 아직 어린 한여름도 처음 겪는 일이라 꽤 충격을 받은 것처럼 보였다. 한동안 아이를 낳을 거라고, 숨어서라도 아이를 낳아 기를 거라고 생각했었다고 했다. 그러다가, 어린 나이니까. 연예인이니까. 자신의 삶이 그 임신으로 모두 날아갈 수 있다는 생각이 들었을 것이다.

"여름아, 일단 회사에 알려서 도움을 받는 게 좋을 것 같다. 이런 일이라면 회사에서도 도와줄 거야."

"아니요, 안 돼요. 진짜, 안 된단 말이에요. 비밀, 지킨다고 했잖아요, 기사님이."

 진우는 난감했다. 그리고 답답했다.

"그래, 약속은 약속이니까."

 박 실장이라면 이런 일을 매끄럽고 신속하게 해결할 것이다. 진우는 박 실장이라면 어떻게 했을까, 생각했다. 먼저, 사생활이 새어 나가지 않고 안전하게 낙태 수술을 받을 만한 병원부터 찾아야 할 것 같았다. 사실 그게 당면한 문제이고 나머지는 나중에 생각하자고 진우는 생각했다. 박 실장이라면 그런 수술을 해 줄 병원을 알고 있을 것 같지만 물어볼 수도 없는 노릇이었다. 진우는 주변에 의사가 누가 있을까 생각하다가, 고등학교 동창인 친구가 떠올랐다. 그렇지만 친구는 정신과 의사였다. 그래도 그에게서 도움을 구할 수 있을 것 같았다. 전화기에 입력된 번호를 찾아 그에게 전화를 걸었다. 나름대로 알려 줄 수 있는 데까지만 사정을 이야기 하고, 어떻게 해야 할지 물었다. 그는 진우의 이야기를 묵묵히 듣더니, 무슨 말인지 알겠다며 잠깐 알아보고 연락하겠다며 전화를 끊었다.

 낙태 수술을 하는 곳이라고 해서, 변두리 뒷골목 으슥한 곳의 허름하고 오래된 산부인과를 상상했었다. 그런 수술은 원래가 몰래, 은밀하게 하는 것이라 진우는 생각했다. 하지만 의외로 그의 소개를 받고 간 병원은 수도권 신도시의 번화가에 위치해 있었다. 8층 건물 전체를 병원으로 쓰는 산부인과 전문 병원이었다. 유명 인사들이 이 병원에서 출산을 했던 게, 수년 전 방송되면서 더욱 유명해진 병원이었다. 한층 전체를 VIP 병실로 운영하고 있는 데다가 보안이 철저한 것이 병원의 장점이었다. 친구가 미리 연락해 둔 덕에, 진우와 한여름은 다른 사람의 눈을 피해 바로 특실로 올라갔고, 거기서 대기하던 의사를 만나 간단한 검사를 한 뒤 바로 수술에 필요한 준비까지 마칠 수 있었다. 순식간의 일이었고, 진우조차 일이 이렇게 빨리 진행될 줄 예상하지 못했다.

한여름의 얼굴에도 조금씩 핏기가 돌기 시작했다. 그동안 혼자서 마음고생이 많았으리란 건 굳이 추측하지 않아도 알 수 있었다.

이제 남은 일이라곤 수술실이 준비되었다는 연락을 받으면, 한여름이 수술실로 내려가기만 하면 되는 것이었다. 한여름이 진우의 손을 잡았다. 고맙다는 말을 하려는 것 같았다. 한여름의 표정은 편안해 보이기도 했지만, 아직도 불안함을 벗어나지 못한 듯 걱정스러워 보이기도 했다. 수술을, 그것도 첨엔 낳으려고 마음먹었던 아이를 떼는 수술을 앞둔 그녀로서는 당연한 일이라 생각됐다. 반면, 수술 시간이 다가올수록 진우는 점점 더 불안해졌다. 진우는 슬며시 한여름이 잡은 손을 놓았다. 자신이 지금 하고 있는 일들의 뒤에 어떤 일들이 일어날지, 자신이 그 일들을 감당할 수 있을지 비로소 걱정이 밀려들기 시작했다. 막막했다. 그리고 한여름이 그런 일들을 감당할 만큼 자신에게 의미 있는 사람일까, 하는 의문이 뒤를 이었다.

한여름이 진우의 희생에 어떤 대가를 지불할 수 있는 사람도 아니었다. 순수하게 선의로 이런 일들을 감당하기에, 진우는 너무 가진 게 없는 사람이었다. 모든 걸 잃은 다음에 한여름이 자신을 지켜 줄 것 같지도 않았다. 대가 없는 희생을 치르기에 진우는 너무 가난했다. 아무런 거리낌 없이 이런 요구를 진우에게 했던 한여름이, 오히려 무책임한 게 아닌가 하는 생각도 들었다. 진우는 아무래도 회사에 알리는 것이 좋을 것 같다고 생각했다. 연예인과 가까이 지낸다고, 자신이 그들처럼 돈이 많은 존재가 아니라는 사실을 명심해야 했다. 진우는 가난한 월급쟁이일 뿐이다. 병원 수준으로 볼 때, 병원비도 아마 진우가 부담할 수 있는 액수보다 많은 금액일 것이다. 당장 병원비부터가 진우에겐 부담이었다. 한여름을 감싸 준 일로 회사에서 쫓겨난다면, 진우의 생활은 지금보다 더 형편없는 나락으로 떨어질 것이다. 진우도 적은 나이가 아니었다. 다른 곳에 취직할 수도, 학원을 차릴 엄두가 나지 않았다.

진우는 이쯤에서 빠지는 게 좋겠다고 결심을 굳혔다. 회사든, 한여름이든. 그들만의 리그에 진우, 자신을 재물로 던지는 어리석은 일은 하지 않을 것이다.

한여름이 수술실로 옮겨지고, 진우는 병원 로비에 앉아 전화기를 들었다. 한여름을 배신하는 것이 아니라, 자신을 배신하지 않는 것이라 생각하기로 했다. 진우는 박 실장의 전화번호를 눌렀다.

진우는 박 실장에게 지금까지의 상황을 간략하게 설명했다.

– 그래서 지금 어딥니까?

그게 박 실장이 한 말의 전부였다. 진우는 끊어진 전화를 들고 멍하니 서 있었다. 진우는 자신의 일이 비난받을 일일까 또, 생각했다. 이 문제로 비난받을 사람은 자신이 아니라, '테리'이고 '한여름'이며, '회사 대표'일 것이다. 그렇게 믿기로 했다. 그럼에도 진우는 박 실장과 곧 마주할 일이 두렵고 무서웠다.

3
SCHEMA

 병원 로비에 넋을 잃고 앉아 있는 진우의 어깨를 누군가 두드렸다. 낯익은 얼굴이었다.

 "진우? 네가 여기 어쩐 일이야?"

 불안한 마음에 그녀의 얼굴이 눈에 들어오지 않았다. 아마도, 이전과 달리 많이 야위어 보였기 때문이었을 것이다. 진우는 그녀를 알아보는 데 한참이 걸렸다. 주은이란 이름이 곧바로 떠오르지 않았다. 풍기는 분위기도 이전의 그녀와 달리 꽤 노숙해 보였기 때문이었다. 첫인상이 그래서, 진우는 그녀가 자신보다 연장자인 걸로 착각하고 선배들 중에 누군가라고 생각하기까지 했다. 그럼에도 결국은 고등학교 동창인 주은을 떠올리지 않을 수 없었다. 주은은 진우에게, 한때는 가장 친한 친구였으니까 말이다. 엉뚱한 곳, 낯선 상황에 예상치 못한 사람을 만났기 때문이었다. 그리고 진우에겐 당면한 위기가 있었으니까, 알아보는 데 시간이 걸린 건 어찌 보면 당연한 일이었다.

 "어, 주은이구나. 몰라보겠다. 너는 어쩐 일이야?"

 "나? 여자인 내가 산부인과에 뭐 하러 왔겠어, 치료 받으러 왔지. 그런데 넌? 총각이 산부인과에 어쩐 일이냐고 내가 먼저 물었잖아."

 얼굴에 낯익은 장난기가 묻어 나왔다. 주은의 트레이드 마크였던 왼쪽 볼의 보조개가 여전했다. 진우는 그 얼굴이 유난히 반가웠다.

 "아는 사람이 수술을 해서. 근데, 네가 생각하는 그런 거 아니야."

 "내가 뭘 생각하는데?"

 "아는 사람이, 그러니까……."

 "진우야, 있잖아. 소파 수술을 어떻게 하는 줄 알아?"

 진우는 멈칫했다. 주은은 진우의 눈치를 살피며 이야기를 계속했다.

 "수술이라는 게 배 속에서 아이를 긁어내는 거야. 콩알만 한, 심장이 뛰는 아이를 말이야. 수술 후엔 꺼낸 아이의 조각을 맞춰 본다는 거야. 배 속에 남겨진 조각이 없도록 말이야. 나는 그런 일을 벌이는 인간들을 용서할 수 없어. 나부터도 말이야."

 진우는 주은이 학창 시절에 치렀던 경험을 알고 있었다. 그래서 더, 아무 말도 할 수 없었다. 자신이 벌인 일이 아님에도, 아직까지 그 이야기를 듣는 것만으로 진우는 죄인이 된 기분이었다. 무슨 말을 해야 할지 몰라 진우의 혀

끝이 계속 꼬여 가고 있을 때, 또 다시 주은의 웃음소리가 들렸다.

"넌, 아직도 참 순진한 것 같네. 산부인과에 오는 사람이 어디 낙태하는 사람뿐이겠어. 대부분은 다른 병 때문에 오는 사람들이잖아. 내 짐작이 맞긴 맞나 보네. 꿀 먹은 벙어리가 된 걸 보니까 말이야."

"아니야, 그런 게."

주은이 잠시 한숨을 골랐다. 진우는 자못 심각한 표정으로 해명을 했다.

"나도 옛날 일 가끔 생각해. 너도 생각하고. 어쨌든 그런 일은 아니야. 정말이야."

"알았어, 웃자고 한 말에 심각하긴, 얘는. 사람 민망하게. 지레 짐작한 건 너야. 세상 다 산 사람같이 왜 그래, 정말?"

한숨을 쉰 주은이 말을 이었다.

"이제 옛날 얘기를 뭐든 농담처럼 얘기할 수 있다는 게, 나도 신기하긴 해. 그리고 진짜 세상 다 산 사람은 여기 있어."

주은이 살짝 가발을 들어 보였다. 듬성한 머리가 영화 '반지의 제왕' 속의 '골룸' 같았다. 진우는 온몸에 닭살이 돋았다. 주은이 어떤 상황인지 바로 알 것 같았다.

"그래서 말인데, 오늘 병원에 있을 거면, 이따 나 치료 끝나고 커피나 한잔 사 줘. 죽을 사람 소원은 들어줘야 한다잖아, 안 그래?"

"야, 너는 무슨 농담을 그렇게 해?"

"그러게, 이젠 뭐든 농담처럼 얘기하네. 그런다고 심각할 이유는 또 뭔데? 안 그래?"

진우는 대꾸할 말을 찾지 못했다.

"그럼, 이따 보는 거지? 나, 항암 주사 예약 시간이 다 돼서 말이야."

진우의 마음이 더 무거워졌다. 그러고 보니 각기 다른 이유로 계속 마음이 심란한 날이었다.

"오늘은 병원에 있을 거야. 치료 끝나면 이 번호로 연락해. 병원 근처에서 본다면 괜찮을 것 같아."

주은이 윙크를 하고, 여전히 밝은 표정으로 뒤돌아 걸어갔다. 불쑥 늙어 버린 친구의 걸음걸이가 가볍게도 보였고, 또 힘없어 보이기도 했다.

진우는 주은의 모습이 사라질 때까지 한참을 그렇게 서 있었다.

죽음 앞에서 당당한 주은의 모습에서, 진우는 자신의

비겁한 모습을 떠올렸다. 생각이 많아졌다.

주은과 형석, 아영과 석기, 그리고 나.

비겁한 자, 배신한 자, 그리고 뻔뻔한 자. 당당한 자는 누구일까. 또, 나는 어디쯤일까.

한여름의 수술이 끝났을 시간이 다 되어 갔다. 박 실장이 거의 도착할 시간이기도 했다. 병실로 향하는 진우의 발걸음은 가벼울 수 없었다. 빈 병실에서도 마음은 줄곧 무거웠다. 잠시 후 수술을 끝낸 한여름이 병실로 돌아왔다. 마취에서 완전히 깨어나지 않아서인지 한여름은 연신 신음을 토해 내고 있었다. 간호사가 링거에 달려 있는 진통제 주사의 버튼을 눌렀지만, 여전히 아픈 모양이었다. 그런 한여름에게 박 실장이 오고 있다는 말을 도저히 할 수가 없었다. 진우는 한여름을 보면서, 스스로 배신자가 된 기분이 들었다. 조금 뒤, 박 실장의 모습을 보게 되면 한여름은 진우를 증오하기 시작할 것이다. 같이 따라 들어온 간호사들이 한여름의 주사를 정리하고 있는 사이, 진우는 조용히 병실 밖으로 빠져 나왔다. 간호사들이 병실 밖의 진우에게 주의사항을 일러 준 뒤에도 진우는 병실 안으로 들어가지 못하고 있었다. 모든 게 어색하고 거북했다. 박 실장이 한여름을 보게 되면 어떤 일이 벌어질지, 또 이 일이 자신에게 어떤 후폭풍을 몰고 올지 진우는 초조하기만 했다.

그러는 사이, 박 실장이 도착했다. 예상했던 대로 그는 무척이나 화가 난 표정으로 걸어오고 있었다. 진우는 두려움을 무릅쓰고 박 실장을 막아섰다.

"수술이 금방 끝나서 안정을 해야 한답니다."

박 실장은 물러날 기색이 없어 보였다.

"알았소."

박 실장이 한여름의 병실 문을 벌컥 잡아 열었다. 한여름이 그새 마취에서 깼는지, 병실로 들어선 박 실장을 보고선 놀란 눈이 되었다. 당황한 듯이 링거를 꼽고 있는 손으로 얼굴을 가리더니, 이내 상황을 깨닫고 모든 걸 포기한 표정이 되었다. 진우는 그런 상황을 박 실장의 뒤에서 훔쳐보고 있었다.

"테리야? 그놈 맞아?"

박 실장이 주먹을 불끈 쥔 채 한여름에게 다가가며 물었다. 그의 손등에 긁힌 상처가 보였다. 얼마 안 된 상처였다. 한여름은 눈을 감은 채, 말이 없었다.

"말해 봐, 회사 식구는 아니지?"

박 실장이 다시 물었다. 한여름은 여전히 입을 열지 않았다. 박 실장도 진우와 같은 생각을 하고 있는 것 같았다. 삼 개월 전이면 물리적으로 한여름이 다른 사람을 만날 시간적 여유가 없던 시기였다. 박 실장도 그런 사정을 알기에 회사 사람일거란 의심을 하고 있을 것이다. 하지만 남녀가 사랑을 나누고 생명을 잉태하는 일은 불가해한 영역이라는 걸 진우는 경험으로 알고 있었다. 젊으니까, 그럴수록 물불 안 가리고 저돌적인 시기니까, 무엇이든 불가능하진 않을 것 같았다. 박 실장이 한여름의 대답을 한참 동안 기다렸지만 한여름의 입에선 어떤 말도 나오질 않았다.

"아무튼, 없던 일로 해. 지나간 일이니까. 묻어 두자, 알겠지?"

한여름에게 다가간 박 실장이 묵직한 목소리로 한여름을 내려다보며 말했다.

그러자 비로소 눈을 꾹 감고 있는 한여름의 입에서 작은 신음이 흘러나왔다.

"며칠 입원해 있어. 나머지는 내가 알아서 할 테니까."

말을 마친 박 실장은 병실을 걸어 나왔다. 진우가 걱정했던 바와 달리 의외로 별일 없이 싱겁게 끝났다는 생각이 들었다. 다행이었다. 진우는 병실을 나서는 박 실장을 조용히 뒤따랐다.

"죄송합니다. 알려 드렸어야 하는데, 한여름이 절대 말하지 말라고 부탁해서, 일단 급한 대로……."

"잘하셨습니다. 잘하셨고……."

박 실장이 손을 들어 진우의 말을 끊었다. 그리고 혁대에 손을 올린 채, 깊은 한숨을 쉬었다. 그의 미간에 깊은 고랑이 패었다. 진우는 긴장했다.

"잘하셨으니까, 걱정 마세요."

박 실장이 커다란 손으로 진우의 어깨를 감쌌다. 진우의 눈이 자연스레 그의 셔츠로 향했다. 붉은 액체가 튄 흔적이 보였다. 그의 몸에서 비린내가 풍겼다.

"그리고 여름이 코디를 보낼 테니까, 그때까지만 옆에 있어 주세요. 한여름이 임 기사님을 제일 믿고 따르니까, 말입니다."

진우는 머리털이 거꾸로 서는 느낌이었다. 믿고 따른다는 박 실장의 말에 뱃속이 묵직해졌다. 그가 한여름을 배신했다고 흉보는 것도 같고, 자신의 지시를 배신했다고 나무라는 것도 같았다. 박 실장이 진우의 어깨를 다독이며 지나갔다. 비린 그의 체취가 병실 복도에 진동했다. 진우는 얼음처럼 그 자리에 굳어 있었다.

복도를 걸어가던 박 실장이 잠깐 발걸음을 멈췄다.

"참, 한여름에게 따로 들은 말 없습니까?"

진우는 깜짝 놀라 고개를 저었다.

"누구 아이였다거나? 뭐 그런?"

진우는 다시 한번 고개를 저었다. 박 실장은 오른손을 한 번 치켜들고, 다시 가던 길을 갔다. 진우는 한참을 멍하니 그렇게 서 있었다. 여전히 병실에 들어갈 용기가 나지 않았다. 진우는 한참을 망설이다 병실 문을 열었다. 한여름이 무통 주사 버튼을 신경질적으로 반복해서 눌러 대고 있었다.

"많이 아프니?"

말이 없었다. 한여름의 눈가에 눈물 자국이 보였다. 배신 때문에 아픈 거겠지, 하고 진우는 생각했다.

"미안해, 어쩔 수 없었어. 수술 비용부터가. 도와주고 싶지만, 내가 할 수 있는 일이 정말 없더라. 이게 나름대로 최선의 선택이었어, 나에게는. 믿어 줘."

여전히 한여름은 말이 없었다. 진우도 더 이상 어떻게 해야 할지 알 수가 없었다. 앞으로도 한동안은 한여름과 힘든 관계가 지속될 수밖에 없겠다는 생각이 들었다. 그때 누군가 병실 문을 두드리는 소리가 들렸다. 문을 열고 들어온 건 의외로 김 교수였다. 의외라는 말을 할 수밖에 없는 게, 박 실장을 제외하곤 어느 누구에게도 한여름이 이곳에 있다는 사실을 말하지 않았기 때문이다. 김 교수가 어떻게 여길 알고 나타났는지, 진우로서는 알 수 없는 노릇이었다. 박 실장은 누구보다 입이 무거운 사람이라서 그가 발설했을 리는 없을 테고, 그가 보고했을 법한 사람은 회사 대표밖에 없을 것이다. 그렇다면 김 교수는 대표로부터 소식을 전해 들었을 지도 모른다. 김 교수는 실용음악과 교수이자 작곡가로, 한여름의 이번 앨범에 실릴 여러 곡을 작곡하고 프로듀싱한 인물이었고 대표와도 호형호제하는 인물이었음으로 충분히 개연성이 있는 가정이었다. 그럼에도 회사의 사외이사까지 겸하고 있는 그가 어린 신인 가수의 병실을 혼자서 직접 찾는다는 것이 이례적인 것은 분명했다. 진우는 이 일을 어떻게 받아들여야 할지 당황스러웠다.

"여긴 어떻게 아시고 직접 오셨습니까, 교수님?"

진우는 가볍게 목례를 했다.

"어, 수고가 많아요. 너는 좀 어떠니?"

김 교수는 진우를 한 번 보고 바로 한여름에게 눈길을 돌렸다. 한여름은 반사적으로 병실 벽을 향해 반대쪽으로 고개를 돌렸다.

멋쩍은 표정으로 김 교수가 진우를 바라봤다. 진우도 난감한 표정을 지을 수밖에 없었다.

"둘이 할 얘기가 있는데, 자리를 좀 비켜 주겠습니까? 참, 이름이 뭐였더라?"

"임진웁니다. 음향 엔지니어로 일하고 있습니다, 교수님."

"그래, 구면이죠?"

"네, 전에 학교에서도 잠깐 근무했습니다만."

진우가 대답하는 중에도 김 교수는 한여름이 있는 쪽을 향해 고개를 돌렸다. 병실에 잠시 침묵이 흘렀다. 진우는 상황을 깨닫고 조용히 병실 밖으로 나와 문을 닫았다.

4
SCHEMA

주은에게 문자가 와 있었다. 치료가 빨리 끝나, 병원 건너편의 카페에 먼저 가 있겠다는 내용이었다. 병원 창가에서도 그곳이 보였다. 진우는 그곳으로 향했다.

주은은 이미 도착해서 노트북을 펴 놓고 넋을 잃은 표정으로 테이블에 앉아 있었다. 가끔 무언가 생각난 듯 타이핑을 했다가 고개를 들어 멍하니 응시하기를 반복했다. 진우는 그 모습을 잠시 바라보고 있었다. 주은이 다시 넋을 잃은 표정을 짓고 있었다. 주은에게 방해되지 않게 천천히 다가갔다. 오랜만의 만남이라 반가웠지만, 마냥 반가울 수만도 없는 분위기였다. 잠깐 사이에 아까보다 더 늙은 모습이었다. 그녀와 가까워질수록 소독약 냄새가 풍겨왔다.

"무슨 생각을 그렇게 해?"

"아메리카노, 더블샷으로."

진우는 어떤 말을 꺼내야 할지 망설였다.

"카페인이 안 들어가면 머리가 안 돌아간다니까. 진짜."

주은의 성격은 여전해 보였다. 어색한 걸 못 참는 성격은 당시에도 유명했다. 사실은 그게 그녀의 인기 비결이기도 했다. 주은과 함께 있으면 항상 재밌고 유쾌했다.

"알았습니다. 작가님."

진우는 커피를 주문하고 돌아와 주은 앞에 다시 앉았다. 주은이 사용하던 노트북을 덮어 옆자리 의자에 놓아둔 가방에 넣고 있었다.

"무슨 글을 쓰고 있었던 거야? 소설?"

주은이 웃었다. 눈가의 주름이 광대까지 흘렀다. 거칠어진 피부까지 더해져, 노쇠한 원로 작가 같아 보이기도 했다.

"아니, 그냥. 심심해서."

주은이 커피를 입술에 대고 향기를 깊숙이 들이마셨다.

"등단한 지도 꽤 됐지? 근데 왜 책을 안 내니?"

주은이 잔을 내려놓았다.

"사람들이 만나면, 매번 그것 먼저 묻더라. 작가라고 대답하면, 무슨 책을 썼냐고, 그 말부터 해. 어디 책 안 낸 작가는 서러워서 살겠니?"

"그래도, 그게 제일 궁금하잖아. 근데 정말 멋진 일 아니야? 자기 책을 낸다는 거 말이야."

주은이 커피를 한 모금 들이켜고, '캬아' 하고 소리를 냈다. 마치 소주를 마시는 것처럼. 그리고 씁쓸한 표정을 지었다.

"그렇기야 하지, 근데 출판 시장이 요즘 어렵잖아. 몰랐어?"

"아니, 그거 말고 진짜 이유가 있는 건 아니고?"

진우의 물음에 주은이 깊게 한숨을 쉬었다. 그녀의 입에서 시큼한 약 냄새가 뿜어져 나왔다.

"할 말이 참 많기도 하고, 없기도 하네. 그건 그렇고, 넌 진짜 무슨 일이야, 이 병원에?"

"나도, 이유가 있긴 한데, 말할 수가 없네."

진우가 웃었고, 주은이 따라 웃었다.

"이게 소주라면 좋겠다."

주은이 다시 커피를 들이켰다. 그리고 입을 오물거려 헹구듯 하다가 커피를 삼켰다.

"아프니까, 그런 생각이 드는 거야. 죽어도 글은 남는다는 생각."

주은의 표정이 심각해졌다. 그런 표정을 짓자 입가와 목덜미의 주름이 더 늘어져 보였다.

"첨엔 말이야, 죽어서도 무언가가 남는다면, 헛되게 살아온 게 아닐 거라고 생각했어. 삶의 의미라는 게, 그런 말도 있잖아. 범은 죽어서 가죽을 남기고 사람은 글을 남긴다고. 그런 게 아니겠어? 인정 욕구 같은 거 말이야."

커피 한 모금을 더 들이켠 주은이 허리를 폈다.

"근데, 소설이 재미있는 게 말이야, 이게 허구를 전제로 하는 이야기잖아. '야, 이거 다 거짓말인데, 그래도 심심하니까 이거 한번 들어 볼래?' 하고 이야기하는 게, 너무 매력 있는 거야. 누군가를 비꼴 수도 있고, 까발릴 수도 있고 말이야. 뭐 어때? 소설인데. 크크."

대학 신입생 때, 그 장난스러운 표정이 주름진 얼굴에도 남아 있었다. 진우는 주은의 얘기를 듣고 있었지만 머릿속엔 아까 본 김 교수의 생각들로 가득했다.

"그런데 최근엔 그런 생각이 들더라. 죽어서도 누군가에게 어떤 모습으로 기억된다는 게 두렵다는 생각이. 그렇게 기억된 모습은 그 사람이 죽을 때까지 안 변할 거 아냐, 내가 죽으면 다시 볼 일이 없을 테니까. 그렇게 보여 준 내 모습이 평생 그 사람이 기억하는 모습이 될 테니까. 그리고 또 하나는, 내가 죽고 나면 소설 따위가 나에게 무슨 상관이겠냐고. 살 사람은 그냥 그렇게 사는 거지, 안 그래?"

창백한 얼굴을 하고도, 주은은 신이 난 듯 보였다.

"소설가가 아니랄까 봐 말 참 어렵게 한다. 어쨌든 책 나오면 맨 먼저 알려 줘, 난 꼭 네 글을 꼭 읽고 싶으니깐."

진우가 뾰로통하게 대꾸했다.

"왜?"

주은도 지지 않았다.

"뭐가 왜야? 친구니깐 그렇지, 그냥 읽고 싶다고, 그냥."

"왜? 그건 내 생각이 알고 싶은 거잖아. 등장인물의 고민을 알고 싶은 게 아니고 말이야."

맞는 말이기도 했다. 진우는 그냥, 지금처럼 주은이 하는 이야기를 듣고 싶은 거였다. 친구들끼리 하는 얘기들처

림, 그녀의 소설에는 자신이 아는 이야기도 나올 것이고, 그때 우리 그랬었지, 하는 옛날이야기를 지금처럼 나누고 싶은 거였다.

"그게 그거 아니야? 소설가의 모든 얘기는 자기 경험에서 나오는 거라며?"

주은이 머뭇거렸다.

"그래, 그러니까."

또 다시 커피 한 모금을 마셨다. 한참을 생각하다가 주은이 입을 열었다.

"그렇기도 하고 아니기도 하다고 말하면, 또 말 어렵게 한다고 할 거지?"

주은이 진우를 보고 미소를 지었고, 진우는 주은을 보고 따라 웃었다.

"진우야, 나 많이 변했어. 예전에 네가 알던 주은이 아닐지도 몰라."

주은의 표정에 잠시 슬픈 기운이 맴도는 것 같았다.

"내가 보기엔 그대론데, 뭐. 네 성격이나, 말투도 그대로고. 그리고 야! 사람이 나이 들면 다 조금씩 변하는 거지, 뭐 무슨 나무냐, 평생 그대로게?"

주은은 무언가 말하려다, 멈칫했고 계속 주저하는 표정

이었다. 무언가 말하고 싶은 게 있는 것 같았다. 그러다 입을 열었다.

"피곤하다. 다음에 맛있는 거나 사 줘, 나 죽기 전에."

주은이 웃으며 말했는데, 그 미소가 허전해 보였다. 그 표정이 슬퍼 보인다고 진우는 생각했다.

"알았어, 네가 좋아하는 치킨. 내가 얼마든지 사 줄게."

주은이 힘없이 웃었다. 그리고 주섬주섬 노트북이 든 가방을 챙겨 들었다.

"다음에 꼭 봐."

주은이 힘없이 걸어가는 모습을 진우는 한참 동안 지켜보고 있었다. 진우는 병실로 올라갈지 생각하다가 김 교수를 떠올리고, 다시 커피숍에 앉았다.

'네가 바라보는 세상을, 네 눈으로 보고 싶어. 우리가 얼마나 같은 생각을 하는지 알고 싶으니까.'

주은이 왜 자신의 소설을 읽고 싶은지 물었을 때 진우는 그렇게 대답했어야 했다. 그제야 그 말들이 떠오르는 게 원망스러웠다. 같은 시기에 힘겹게 다른 삶을 살아가는 친구의 삶을, 같이하지 못했던 너의 삶을 알고 싶었던 거라고, 너에게 위로가 되어 주지 못한 게 미안해서 그렇게라도 네 뒤에서 네 삶을 보고 싶은 거라고, 그렇게 숨어서라도 응원을 하고 싶었다고. 그렇게 말하지 못한 게 아쉬웠다. 다른 방식으로 다른 삶을 살아가는, 그러나 한때는 같이 모여 같은 생각을 했던 친구들. 그들은 이제 남이 된 것일까.

주은의 말대로 사람이 변한다는 건, 그 사람의 본질까지 달라진다는 말이 되는 걸까. 그렇다면, 그렇게 된다면 얼굴은 그대로인 이전과 전혀 다른 사람이 되는 것일까. 혹시 그렇게 변해 가는 걸 나이가 들어 간다는 말로 포장할 수 있을까. 그러다 나도 변했을지도 모른다는 생각이 들자, 더는 생각을 계속할 수조차 없었다.

한참이 흘러 다시 병실로 돌아갔을 때, 김 교수의 모습은 보이지 않았다. 대신 한여름을 담당하는 코디 한 명이 보조 침대에 앉아 스마트폰을 들여다보고 있었다. 한여름은 끝까지 진우와 눈을 마주치지 않았다. 그럴 수밖에 없다는 걸 알고 있지만 진우 역시 마음이 편치 않았다. 진우는 코디에게 한여름을 부탁하고 병실을 빠져 나왔다. 코디는 무심한 듯 대답하고, 다시 시선을 스마트폰으로 돌렸다.

5
S C H E M A

"김 교수가 다녀갔습니까?"

박 실장이 아침부터 진우를 찾아왔다. 아마도 코디가 말을 해 주었던 모양이다. 연예계 주변에서 오래 살아남는 방법은 보고 들은 모든 것을 옮기지 않는 것이란 걸 코디는 모르는 모양이었다. 진우는 한참을 망설였지만 결국 답을 할 수밖에 없었다.

"잠깐 뵙기는 했습니다만."

박 실장의 표정이 심상치가 않았다. 진우는 알고 있는 최소한이라도 털어놓아야 했다. 김 교수는 대표와 막역한 사이이자 회사의 비상근 이사 직함을 갖고 있었다. 그 일이, 그러니까 김 교수가 한여름을 문병 온 일이 박 실장의 심기를 어지럽힐 정도로 그렇게 큰일인가 싶었다.

"무슨 일 있습니까?"

얼굴이 불콰해진 박 실장의 숨이 거칠어졌다. 박 실장은 진우의 물음을 신경 쓰지도 않는 눈치였다. 분위기가 이상하게 돌아가고 있었다. 그리고 진우와 한여름과의 관계도 회복되기는 요원해 보였다. 하지만, 기우에 불과했다. 한여름은 닷새 뒤부터 회사에 나와 이전과 다름없이 정상적인 스케줄을 소화하기 시작했다. 그럼에도 완벽하게 어색함이 사라진 건 아니었다. 과도하게 밝아진 한여름의 표정도, 이를테면 그중 하나였다. 그런 일을 겪고 이처럼 해맑을 수 있을까. 마치 그전에 일어났던 일들이 믿기지 않을 만큼 한여름은 유쾌해 보였다.

가수는 자신의 기분을 숨길 수 없는 사람들이라지만, 그렇게 모든 감정을 숨결로, 소리로 내보내는 게 직업인 사람들이어서 감정에 솔직하다지만, 진우가 이해하기에는 부족한 벽이 느껴졌다.

노래는 일종의 연기다. 가수들은 그런 감정을 연기하는 프로페셔널이다. 감정을 숨길 수 없는 사람과 감정을 연기하는 사람. 한여름. 한여름의 감정은 연기였을까, 아니면 지금의 한여름이 연기를 하고 있는 것일까. 진우는 생각할수록 미로 속으로 빠져드는 느낌이었다.

모든 일들이 박 실장에 의해 어떤 식으로든 계획되고 조작되었을 것이란 게 진우가 추측할 수 있는 전부였다. 회사 복도를 지나다 박 실장과 조우했다. 박 실장은 미세하게 고개를 끄덕이며 진우에게 눈인사를 보냈다. 자신에 찬 걸음걸이는 거만한 인상을 풍겼다. 진우는 그의 앞에서 발걸음을 멈췄다. 박 실장이 턱을 들었다.

"무슨 일이십니까?"

"혹시……?"

"네, 말씀하십시오."

박 실장이 주변을 살피며 물었다. 복도에 오가는 다른 사람들의 모습은 보이지 않았다.

"혹시, 김 교수가, 아니 김 교수를……."

"임 기사님!"

박 실장이 손을 들어 진우의 말을 막았다.

"압니다. 알 만큼."

박 실장은 돌아서서 진우에게 바짝 다가섰다. 그리고 목소리를 낮춰 진우의 귀에 대고 속삭였다. 박 실장의 굵은 저음의 목소리가 진우의 고막에 울렸다.

"기사님도 알 만큼만 아시면 됩니다. 이 바닥에는, 몰라야만 하는 것도 있습니다. 그런 것까지 알려고 하지 마세요. 딱 거기까지, 그게 서로에게 좋습니다. 아시겠습니까?"

박 실장은 진우에게서 몸을 떼어 낸 후 그의 왼쪽 어깨를 두어 번 두드리고 목 주위를 가볍게 주물렀다. 진우는 그의 악력을 느낄 수 있었다.

모든 일을 알 수는 없다. 알더라도 어쩔 수 없는 일도 있고, 알고 나서 더 괴롭기만 한 일도 있다. 남에게 해를 끼쳤지만 끝까지 알지 못하는 일도 다반사다. 그리고 그 반대의 일도 마찬가지다.

 알 만큼만 아는 일, 알아서는 안 되고, 기억해서도 안 되는 일, 또 기억에서 지워야만 하는 일, 그런 일들이 존재하는 세상을 살고 있다는 실감이 났다.

 진우는 온 세상이 그런 일들로 가득하다고 생각했다. 그런 기분이었다.

 진우는 그날도 그다음 날도 계속 그런 생각이 들었다. 그리고 그럴 때마다 이런 고민에 빠져든다.

 '내가 아는 것은 무엇인가'[2]

---

2 몽테뉴의 『에세(Essai)』 제2권 제12장 「레이몽 스봉의 변호」에서 인용한 프랑스어 'Que sais-je'의 번역이다.

解離

해리

해리(解離, Dissociation)는 무의식적 방어 기제의 하나이며, 어느 일련의 심리적 또는 행동적 과정을, 개인의 그것 이외의 정신 활동에서 격리시켜 버리는 일이다. 즉, 의식과 동떨어진 상태에서 자기 자신의 한 부분이 분열되는 것으로, 현실적인 상황에서 일정한 거리를 유지한 채 그것을 경험하는 마음의 상태를 일컫는다.

1
SCHEMA

 살면서 어떤 지점을 관통하는 순간이 있다. 그 지점을 지나고 나면, 인간은 다시금 그 이전으로 절대 돌아갈 수 없다. 숨겨진 진실을 접할 때 종종 그런 순간을 맞이한다. 지금까지 알던 세상과 동떨어진 생소한 세계가 눈앞에 펼쳐지는 날, 험난하고 고된 길이라 할지라도 그 길을 계속 갈 수밖에 없다. 혹자는 그걸 운명이라고 부른다.

 김은 그 운명의 순간을 지나고 있었다.

"이제 그만해요, 우리."

 아내가 말했다. 마왕이란 별명으로 불리던 가수의 장례식 날이었다. 그는 죽는 날까지 괴팍하기로 소문이 자자했지만, 김과 많은 작품을 같이 할 정도로 친밀한 관계였다. 김은 나름대로 깊은 상실감을 경험하던 중이었고, 원래대로라면 그의 장례식장을 찾을 예정이었다.

"무슨 말이야?"

 김이 물었다. 거실에 틀어 놓은 라디오 소리가 아내의 목소리와 섞여서인지 김은 아내가 한 말의 의미를 알기 힘들었다. 라디오 음악 프로그램 DJ는 장엄한 BGM 속에 그를 가슴 속에 묻는다고 말하고 있었다.

"이제 그만, 이혼해요."

아내가 답했다. 김은 아내의 목소리에 집중하려 애를 썼는데도, 그 말이 생소해서 의미를 가늠하느라 한참을 생각해야 했다. 의미를 알아차렸을 땐, 다시 그 말의 진의를 확인하려 했다. 그런데, 김의 입에선 불쑥 다른 말이 튀어나왔다.

"그럼 애는?"

"애는 제 운명이 있겠지 뭐! 난, 더 이상은 고생하기도 싫고…… 안 되겠어. 이젠 그냥 즐기면서 살고 싶어."

"무슨 고생?"

"사는 게 다 고생이지, 뭐. 다 지긋지긋해, 이젠."

어린 아내는 세상을 초월한 표정으로 나지막하게 말을 뱉어 냈다. 김과 아들, 자신의 가족이 함께 사는 것을 고생이라고 하는 그녀를, 김은 한동안 멍하니 쳐다볼 수밖에 없었다.

"그럼 결혼은 왜, 왜 하자고 졸랐어? 이러려고?"

잠시 침묵이 흘렀다. 죽은 가수의 노래가 거실 스피커를 통해 흘러나오기 시작했다. 오랜만에 다시 듣는 노래였다. 김이 쓴 가사를 죽은 이가 부르고 있었다. 비현실적인 느낌이 들었다. 이제 더 이상 그의 입을 통해 자신의 노래 속 이야기를 들을 수 없다는 게 실감 나지 않았다. 죽은 가수는 그 가사가 자신의 이야기 같다며 참 좋아했고, 그의 노래를 듣는 팬들도 한편의 서정시 같은 가사를 음미하며 그의 멜로디에 취하곤 했다. 그들도 자신이 살아온 삶이 노래 가사와 같다며, 노래뿐만 아니라 그 노래를 부르는 가수까지 좋아하게 됐다고 말했다. 스피커에서 흐르는, 인생이란 좁은 문으로 들어가는 길이 스스로를 자르고 깎아 내서 작아지는 길밖에 없다는 노래 가사는 김이 가장 좋아하는 부분이다. 스스로를 자르고 깎아 내는 일이 이런 일이 될 거라고, 그때는 상상하지 못했지만 말이다. 노래가 끝나갈 때까지, 김의 지나간 삶이 파노라마처럼 뇌리를 스쳐 지났다. 김은 여전히 그 속에서 헤매고 있었다. 뭔가 결심해야 하는 건 알겠는데, 노래가 끝나는 순간 김의 입에선 또 다시 속마음과 전혀 다른 말이 튀어나왔다.

"내가 잘할게. 그러지 마, 제발. 응?"

몸속의 또 다른 자신이 아내를 붙잡으려 발악하기 시작했다.

2
SCHEMA

 남자를 만났다. 평소 자주 지나던 집 앞 전원 단지에 있는 2층 커피숍이었다. 째진 눈에 작지만 탄탄한 몸매의 남자는 춥지 않은 날씨에도 목도리를 두르고 있었다. 익숙한 남성용 향수 냄새가 풍겼다. 남자는 다리를 꼬고 앉아, 입을 작게 오므리며 의외라는 듯 입을 열었다.
 "무슨 일로……."
 "보자고 하셨느냐?"
 남자가 마치지 못한 말을 김이 대신했다.
 "잘 아실 텐데? 나한테 할 말 없어요?"
 그냥 보기에도 어려 보이는 남자였다. 애초의 생각과 달리, 김은 쉽게 말을 놓지 못했다. 꼭 끼는 옷을 입은 것처럼 모든 게 거북스러웠다.
 "아니, 제가 뭘……."
 남자는 문장의 어미를 이용해 말을 끝맺을 줄도 모르는 듯했다. 김은 바로 본론으로 들어가기로 했다.
 "아내하고는 무슨 관계요?"
 "뭐, 관계는…… 단지 초등학교를 같이……."
 남자는 몸을 비비 꼬며, 말하는 것도 아니고 아닌 것도 아닌, 의미 없는 단어들만 나열하고 있었다.

"말 돌리지 말고, 당신이 아내에게 어떤 감정인지 묻는 거요."

"아니, 그냥…… 가끔……."

김의 인내력은 금세 바닥을 드러내고 있었다.

"뭐? 그냥, 가끔 섹스만 해?"

남자의 얼굴이 갑자기 붉어졌다. 예상했던 반응이었다. 남자의 행동이 조금씩 경직되기 시작했다. 조금 뒤, 귀까지 빨개지면서 관자놀이의 혈관이 불룩 솟아오르는 게 보였다.

"아니, 뭘 보고…… 그렇게 생각하시는지 모르겠는데, 그게……."

그가 발뺌할 것은 자명한 일이었다. 인정하는 순간 간통을 인정하는 것이니까. 김이 강하게 나가면 남자는 문장의 어미가 아니라, 전체를 생략할 것만 같았다. 김은 남자를 달래야 했다.

"집사람한테 듣자니 당신 괜찮은 사람이라던데. 무슨 일이 있었는지, 저간의 사정이라도 알고 싶소."

남자가 어색한 미소를 보였다. 아내로부터 받은 칭찬에 기분이라도 좋아진 듯 말이다. 그는 이런저런 얘기들을 조심스레 뱉어 냈다. 의미가 있는 이야기를 끌어낸 것으로도 일단 성공적이었다. 하지만, 남자는 가상의 선을 그어 놓고 절대로 그 선을 넘어오지 않고 있었다. 탁자 위에 뒤집어 올려놓은 휴대폰을 한 번씩 응시하는 것을 보니, 대화를 녹음이라도 하고 있는 눈치였다. 김이 자신을 협박하는 증거라도 잡으려는 속셈일 터였다.

웃음이 나왔다. 아내를 꼬여 불륜을 저지른 놈이 사과를 해도 모자랄진대, 도리어 자신의 약점을 잡으려 한다는 사실이, 이런 엿 같은 상황이 자꾸 김을 웃게 만들었다. 어느 순간 실성한 듯 큰 웃음이 김의 입에서 터져 나왔다.

3
SCHEMA

아내는 사랑이라고 했다. 남들이 왜 그렇게 이야기했는지, 이젠 알 것 같다면서 말이다. 김은 그 남들이 누군지 알지 못한다.

"남들이 불륜이래도 상관없어, 난 떳떳해."

사실대로 고백하고 그 남자와 관계를 정리하라고 김이 말했을 때, 아내는 그런 말을 했다.

"우습지? 지금 내가 우습게 보일지 몰라도 이건 당신 생각과는 달라, 그것도 아주 많이."

"웃기지 마. 이건 불륜이고 삼류 포르노야."

김이 반박했지만, 아내는 그 남자 때문에 비로소 여자로서 다시 태어난 기분이라며, 그런 게 진정한 사랑이라고 김에게 가르치듯 말했다. 철학자의 심오한 표정을 흉내 내며, 아침 드라마에서나 보고 듣던 말들을 아내는 탤런트처럼 도도한 얼굴로 거침없는 대사를 쏟아 냈다. 김에게 이런 상황은 믿기지도, 현실적이지도 않아 보였다. 너무 익숙한 얘기임과 동시에 너무도 낯선, 그래서 생각조차 깊이 해 보지 않았던 상황이라서, 더 당황스럽고 혼란스러웠다. 김은 정말이지, 아내의 말에 오롯이 집중할 수가 없었다. 진짜 그렇게 생각하는 사람이 있다는 게, 그리고 그게 아내라는 게 끝까지, 도무지 믿기지 않았다.

칼을 손에 쥐고 있다. 스쿠버 다이빙할 때 사용하는 칼인데 한쪽은 날카로운 날이, 반대쪽은 톱날이 달려 있다. 김은 이 칼로 그를 죽이기로 하고 남자의 가슴 중앙, 명치를 뚫고 칼을 깊숙이 쑤셔 넣었다. 칼날이 아래 방향으로 향하게 하여, 위장을 관통하고 위장의 점막을 길게 찢어

놓는다. 그의 동공은 확장된다. 칼날에 체중을 실어 힘껏 위로 밀어 올린다. 칼날이 위장을 뚫고 나와 다시 늑막을 뚫고 심장의 좌심실에 깊숙이 박힌다. 그리고 칼날을 조금씩, 아주 조금씩 비튼다. 고통을 느끼도록 말이다. 하나, 두울, 세엣. 김은 이 순간을 즐긴다. 그의 입에선 비명 대신 깊은 신음이 나온다. 칼을 서서히 뽑는다. 앞쪽으로 당겨지는 톱날이 심실 근육을 찢으며, 찢기는 근육의 질감을 느끼며, 서서히 아주 서서히 칼을 뽑는다. 그의 동공은 미세한 진동을 계속한다. 심장에서 뿜어내는 피가 순식간에 폐와 위장을 채운다. 피하지방을 가로지르며 비스듬히 칼날을 빼면 실제로 칼날은 그의 지방 덩어리에 피가 닦인 채 깨끗하게 그의 몸 밖으로 모습을 드러낸다. 반짝이는 칼날에 김의 얼굴이 비친다. 심장은 찢어진 채 빈 펌프질을 계속하고, 폐로 넘어온 피 때문에 남자는 숨을 쉴 수 없어 질식되는 공포를 느낀다. 얼마간의 시간이 흐르고 남자는 목구멍 깊숙이 차오르는 피를 토하며 앞으로 꼬꾸라진다. 그리고 김은 그 모습을 한 장면도 놓치지 않고 바로 눈앞에서 바라보고 있다.

  머리털이 쭈뼛할 정도로 실감이 났고, 김은 강렬한 흥분에 몸서리가 이는 것을 느꼈다. 꿈속의 무의식은 죽음을 말하고 있다. 잠재의식 속의 살해 욕구가 김을 충동질하고 있었다.

그러나 김은, 그럴 수가 없다고 생각한다.

아니, 그럴 수도 있다. 남들을 의식하지 않는다면, 다른 말로 남들에게 들키지만 않는다면, 그런 일들이 일어났으면 하는 게 김의 속마음이다. 그건 분명한 진실이다. 그렇다. 김의 본능은 그런 일을 절실히 원한다. 남들이 눈치채지 못하게 복수하는 것, 그게 핵심이다. 김은 신중한 사람이다. 살인의 동기와 증거를 남기는 실수를 범하지 않아야 한다. 완벽한 알리바이를 만들어야 하고 가급적 자신의 손에 직접 피를 묻히지 않는 것이 바람직하다. 김은 지혜로운 사람이다. 모든 일은 순리대로 흘러가는 것처럼 보여야 한다. 마음을 다잡고 얼마 지나지 않아 새로운 생각이 우연히 떠올랐다. 김은 창의적인 사람이다. 막연히 떠오른 이 생각은, 다시 생각해도 정말 기가 막힌 아이디어였다. 김은 윤리적인 사람이다.

김은 불의를 응징하고 가정을 바로 세우기 위해, 진정한 용기를 증명하기 위해 떠오른 생각을 행동으로 실천할 것이다. 김은 용감한 사람이기에.

4

"아니 두 분 사이에 문제가 있으면, 두 분이 해결하셔야지, 왜 저한테……."

 남자는 김의 웃음소리에 마음이 상한 듯했다. 김이 유연해진 것으로 착각했는지, 남자는 뻔뻔한 말투로 김을 떠보기로 작정한 것 같았다.

"애가 있는 여자요. 나는 그렇다 치더라도 당신, 우리 애한테 미안하지도 않소?"

 남자가 죄책감을 느낄 것이라고 기대한 김이 어리석었다. 아니었다. 남자도 역시 아내와 같은 생각이다. 남자로서 가지는 책임감, 의무감 따위는 그의 머릿속에 없는 것이 확실했다.

"아이는 그게 자기 팔자고…… 다 자기 팔자가 있으니…… 내 팔자도 그렇지만……."

 그가 의자를 고쳐 앉으며, 움츠렸던 어깨를 펴고 거만한 말투로 말했다. 또 웃음이 나왔다. 거만한 자세와 달리, 그가 내뱉은 문장은 문맥을 파악하기 힘들 정도로 유치한 것이었다. 최근, 유난히 두서가 없이 내뱉곤 하던 아내의 말들이 떠올랐다. 바뀐 아내의 말투가 남자의 유치한 말투와 흡사해 보였다. 김은 그런 유치한 말투에까지 질투심이 일었다. 이들은 서로가 연결되어 있었다. 김의 눈에 그게 보이기 시작했다. 김과 아들은 이들과 분리된 타인이었다. 그들은 이미 김뿐만 아니라 아이의 미래까지도 재물로 삼기로 작정하고 그들의 관계를 이어 온 것이다. 아이와 김의 희생을 그들은 원하고 있었다. 그들에게 기본적인 윤리와 도덕을 기대하긴 힘들어 보였다.

 작금의 문제는 어떤 원인으로 발생한 것이 아니라, 원래 아내와 남자에게 잠재해 있었던 문제가 그 모습을 드러낸 것이란 생각이 들었다. 단지 그것뿐인 것이다.

 남자는 불청객처럼 가족의 삶에 끼어들어 가정을 파탄 내고서, 원래 파탄 날 거였다고 말한다. 그렇기 때문에 자신은 이 일과 관련이 없다며, 오히려 김을 탓한다. 아내도, 남자도 모든 게 김 때문이라고 할 뿐, 아무도 김에게 미안하다거나 용서를 구하지 않는다. 이들의 뻔뻔함에 김은 오히려 자신을 의심하기도 했다. 그들에게 놀아날 뻔한 김은 기가 막혔다. 말 같지도 않은 말을 해 대는 그들의 입을 보고 있는 동안 김은 무슨 말을 어떻게 해야 할지 알 수가 없었다. 그리고 깨달았다. 뭐라고 말해도 이들은 깨닫거나 알아듣지 못한다. 이들과는 정상적인 대화는 불가능한 일이다. 이들의 말이 계속 김의 머릿속에 맴돈다. 생각하지 않으려 해도 자꾸만 이런 말도 안 되는 상황에 분노가 치민다. 김도 미쳐 가는 것만 같다. 정말 뭣 같은 세상이다.

아니다. 그는 남의 탓을 하는 족속이다. 남의 탓을 하니 자신은 책임질 일이 없고, 남의 고통에도 태평할 것이다. 누군가에게 위해를 가하고, 상대방이 그렇게 느꼈다니 유감이라는 식의 유체이탈 화법이 흔한 세상이라는 건 알겠는데…… 김은 그런 세상을 받아들일 수 없다. 감당하기 벅찬 화가 자꾸 치밀어 올랐다. 눈앞의 남자 때문에, 김은 기어이 폭발하고 만다.

"야, 이 새끼야! 어린놈의 새끼가, 어, 남의 여자나 몰래 꾀어내서 후리는 새끼가 어디서 감히 나불거려…… 갈아 마셔도 시원찮을 새끼가, 어?"

주변의 시선이 김에게로 쏟아졌다. 그 순간만큼은 누군가 자신을 알아봐도 상관없다고 김은 생각했다. 아니, 그런 걸 생각할 겨를도, 여력도 없었다. 반면, 남자의 표정은 급격히 굳어졌다. 김과 달리 그는 비로소 창피함을 느끼는 것 같았다. 그의 이마에서 식은땀이 배어 나왔다. 손가락도 조금씩 떨리기 시작하고, 그 진폭이 점점 커지고 있었다. 그 파동이 계속 커져 이윽고 어깨가 들썩였다. 변화가 확연히 김의 눈에도 보였다. 남자는 김의 시선을 피하면서 고개를 돌린 채 입을 열었다. 그의 목소리가 상당히 떨렸다. 김은 그것이 혈당이 떨어질 때 나타나는 증상이라는 걸, 알고 있었다.

"저, 잠시 실례를……."

남자는 말을 마치지도 않은 채, 자리에서 일어나 어딘가로 황급히 사라졌다. 김은 여유를 되찾았다. 태연히 미소를 지으며 그의 뒷모습을 바라보았고, 이어 주변을 둘러보았다. 조금 전에 쏟아졌던 시선들은 이미 원래 자리로 돌아가 뿔뿔이 흩어져 있었다. 모두들 아무 일도 없었던 것처럼 자신의 일행과 대화에 몰두하며 찻잔을 들고 있었다. 김은 안주머니에서 준비해 온 인슐린 앰플을 꺼냈다. 그리고 태연스레 앰플을 터서 그의 커피 잔에 쏟아 넣었다. 자신의 티스푼으로 그의 커피를 한 번 저은 후, 김은 천천히 자신의 커피 잔을 들었다. 눈을 감고 천천히 커피의 맛을 음미했다. 그날의 커피는 유독 쓰고, 텁텁했으며 끝엔 고린내가 감돌았다. 실눈을 뜨고 주변을 살피지도, 긴장하지도 않았다. 주변을 의식하는 행동이 오히려 의심을 불러올 뿐이란 걸 안다. 의심을 사지 않으려면 의심스러운 행동을 하지 않으면 된다. 아내와 남자도 결국 불필요한 행동들 때문에 김에게 들통난 것이다. 이 단순한 진리를 몰라서.

 인슐린. 이것만 해도 그렇다. 아내의 쓸데없는 변명 때문에 김은 남자의 약점을 알게 된 것이다. 남자는 당뇨가 있다.

 온종일 라디오에서 죽은 가수의 노래가 흘러나오던 날이었다. 외도의 정황이 드러나자 당황한 아내가 평소와 다른 톤의 목소리로 말했다.

 "당신 날 의심하는 거예요? 기가 막혀서. 정말 아무 사이도 아니에요."

 김은 더 이상 추궁할 수가 없었다. 무엇을 위해 추궁해야 할지. 아니 사실은 더 두려운 게 있었다. 만일 아내가 인정을 한다면, 정말 그 일이 사실이라면 어떻게 할지, 그게 더 혼란스러웠다. 아내가 부인을 해도, 시인을 해도 김은, 감당할 준비가 안 되어 있었다. 김은 침몰하는 배 위에 선 사람처럼, 두려웠다. 김의 침묵을 아내는 다르게 받아들였던 것 같았다.

 정적이 흐른 뒤 아내는 다른 사람처럼, 목소리 톤을 바꿔 입을 열었다.

 "그 남자, 당뇨가 있어서 발기도 안 된다고요. 정말 아무 일도 없었어요."

 모텔에 갔으나 관계는 하지 않았다고, 그녀는 김이 내민 사진을 보고 울먹이며 말했다. 맑고 순수한 눈빛으로 믿어 달라며 호소하는 아내를, 김은 정말 믿을 수밖에 없을 것 같았다. 그만큼 진심 어린 눈빛이었다.

 술을 마시고 운전은 했으나 음주 운전은 아니라고 누군가 말했을 때, 사람들은 그를 조롱했다. 그러나 아내가, 세상 누구보다 김과 한 몸이라 철석같이 믿고 살아온 아내가 그렇게 말하는데, 김은 조롱을 생각조차 할 수 없었다. 김은 아내의 말을 진심으로 믿고 싶었다. 사실이 아니라면, 오해라면, 김이 미친 것이라면. 그러면 지금보다 더 나을까? 이 모든 게 다, 의처증 때문이고, 자신이 세상에서 가장 순진한 아내를 의심하고 있는 정신 나간 남편이라면, 그렇게 생각한다면, 그편이 더 나을 것 같았다. 그건 병이니까, 병은 나으면 되니까, 치료를 받으면 되는 거니까. 하지만, 아니었다.

 남자의 발기 부전을 주장하는 아내로부터, 김은 남자의 약점을 알게 되었다. 그리고 그걸 적절히 이용하기로 마음먹은 것이다. 이제 남은 일은 남자가 약이 든 커피를 마시게 하는 것뿐이었다. 계획대로라면 남자는 김과 헤어지고 자신의 차를 타고 가다가 저혈당 쇼크에 빠질 것이다. 운전 중 시야가 흐려질 것이고 결국 의식을 잃게 되면서 교통사고를 낼 것이다. 그 결과로 남자가 죽든지, 병신이 되든지, 하는 것이 김의 의도였다. 그리고 무엇보다, 그 과정에서 김은 완벽히 배제되어야 하는 것이다.

 실례한다며 사라진 남자가 한참 동안 돌아오지 않았다. 남자가 가 버린 건 아닐까 걱정이 되기 시작했으나 이내 안심이 되었다. 남자가 앉았던 의자 위에 그의 휴대폰이 놓여 있었기 때문이다. 김은 밖을 살피며 휴대폰을 집어 들었다. 역시나 휴대폰 액정엔 빨간색 네모가 깜빡거리고, '녹음 중'이란 글씨와 함께 데시벨 그래프가 정신 없이 움직이고 있었다. 김은 멈춤 버튼을 눌렀다. 빨간색 네모가 빨간색 동그라미로 바뀌었다. 밑에 '새로운 녹음 8'이란 파일이 새로 생겼다. 김은 그 녹음 파일을 삭제했다. 휴대폰을 내려놓으려다, 내친 김에 사진 폴더를 열었다. 왠지 거기서 아내의 흔적을 찾을 수 있을 것만 같았다. 작은 네모가 무수히 나타났다. 김은 그중에 하나를 눌렀다. 네모들이 사라지고, 액정이 어두워졌다. 지지직, 거리는 소리와 함께 신음 소리 같은 것이 들리고, 흐릿한 무언가가 움직이기 시작했다. 김은 그게 무엇인지 알아차리기 위해 실눈을 뜨고 온 신경을 집중했다.

남자가 돌아왔다.
"제가 당이 좀 있어서……."
남자는 김이 알고 있던 사실을 다시 한번 확인해 주었다. 역시 아내의 말이 맞았다.
"더 할 말은 없소?"
남자는 잠시 뜸을 들이다가 커피 한 모금을 삼켰다. 그 정도론 양이 부족할 것 같았다. 다 마셨으면 좋으련만.
"지난 일은 관심 없고, 앞으로만 만나지 마시오. 알겠소?"
남자는 한참을 뜸을 들이다, 다시 한쪽 다리를 꼬더니 쭈뼛대며 대꾸했다.
"은주가 만나면 만나는 거고…… 그걸 제가 어떻게 할 수가……."
"간통죄로 들어가고 싶소?"
김은 기다리지 않고 본론을 말했다. 남자는 커피 한 모금을 더 들이켰다. 제법 양이 많았다. 남자는 한심하다는 눈빛으로 김을 보며 한숨을 내쉬었다.

"간통죄는 저번 달에 없어졌는데, 모르세요?"

'너도 그걸 아니까 간통을 저질렀겠지.'

김은 차마 마음속의 얘기를 뱉어 낼 수 없었다. 남자는 간통죄는 폐지되었으니 형사 소송은 얼토당토않다는 것을 주장하는 것이었다. 범죄가 아니니까, 죄가 안 된다는 생각을 남자는 하고 있었다. 남자의 머릿속엔 돈 생각뿐일 것이다. 민사 소송을 당할 경우 감당해야 할 위자료나 손해 배상액에 대한 걱정 때문에 이 자리에 나온 것일 테고, 대화를 녹음하며 발뺌할 증거를 만들고 있었을 것이다.

김은 정말 간통이 실재했는지를 확인하고 싶었다. 남자는 자신의 무죄를 주장하며 부정행위를 확인해 준 셈이었다. 김은 남자의 눈을 뚫어져라 쳐다봤다. 남자는 고개를 숙인 채 김의 분노에 찬 눈길을 피하고 있었다.

남자가 뜸을 들이며 전략을 궁리하는 것 같았다.

"그러면, 그러도록……."

남자가 입을 열었다. 남자는 방어적으로 나가기로 전략을 수정한 것 같았다. 그럴수록 김은 더 공격적으로 나아가야 했다.

"이런 시팔. 그러니까 만난다고, 안 만난다고?"

김은 다시 폭발했고, 과장되게 얼굴을 일그러뜨려 쉿소

리를 냈다. 주변의 시선이 다시 쏠렸다. 두 번째라서 그런지 그들 중에 일부는 이쪽을 손가락으로 가리키며 서로 수군거리기도 했다. 남자의 얼굴이 더 붉어졌다. 조금 뒤 남자는 말을 더듬기 시작했다.

"제, 제가요, 표, 표현이 서툴러서 그러는데…… 아, 아니 안 만나겠습니다. 두말 않고 안 만나겠습니다. 그, 그러면 되겠죠?"

남자의 목소리가 이전보다 더 심하게 떨렸다. 그리고 신기하게도 처음으로 어미를 사용해 문장을 완전히 끝맺었다. 그는 말을 마치고, 커피를 한 모금 깊이 들이켰다. 김은 남자를 더 몰아세웠다.

"남자 새끼가 그 말하기가 그렇게 어려워? 시팔, 좋게 말을 해도 말이야."

남자는 흥분한 듯 커피를 아예 벌컥 들이마셨다. 얼핏 보니, 톨 사이즈의 커피가 바닥을 드러냈다. 저 정도면 될까? 김도 모른다. 미리 실험해 본 적도 없으니까. 운명에 맡겨야 했다. 그 망할 놈의 운명에 말이다.

5
S C H E M A

 스스로 죽어 버릴까 생각했던 날도 있었다. 그러면, 아내도 죄책감에 시달리겠지 싶었다. 어쩌면 그 남자도……

 아니, 다시 생각해 보니 오히려 반대일 확률이 높았다. 남자는 좋아서 환호할 것이고, 어쩌면 아내도 환호할지 모른다. 아이는…….

 생각이 멈췄다.

 하루하루 힘든 날이다. 끝을 알 수 없는 낭떠러지로 계속 떨어지고 있는 기분이다. 바닥의 깊이를 알 수 없는, 그래서 더 두려운 느낌이 들었다. 바닥에 닿으면 머리가 깨져 끝날 수가 있을 것 같았다. 그러면 좋을 것 같았다. 만일, 다행히 살아서 바닥에 닿아 발이라도 디딜 수 있다면, 어떻게든 딛고 일어설 수도 있을 것 같았다. 하지만, 그 끝이 영원히 올 것 같지 않았다.

 김은 여전히 깊은 나락으로 떨어지고 있는 중이었다. 빛한 가닥 들어오지 않게 어두웠으며, 살을 베는 것처럼 차가웠으나, 그보다 끝을 알 수 없어 벗어나기 힘들었다. 실오라기라도 붙잡고 싶다는 표현이, 그런 느낌이란 걸 살면서 처음으로 실감했다. 정말 버티기 힘들었다.

이런 문제로 심리 상담을 받은 적이 있었다. 당시, 같은 대학에서 일하는 심리학과 주임 교수와 안면이 있었던 터라, 어느 날 김은 차나 한 잔 마시자는 핑계로 그의 연구실 문을 두드렸다. 바람직한, 그러니까 김과 같은 상황에서 취해야 마땅한 올바른 판단에 대해 조언을 구하고 싶었다. 김은 그에게 자신의 친구 이야기라는 전제를 깔고 조언을 구했다. 안경으로 눈빛을 가린 교수는 시선을 회피한 채, 메모지에 무언가를 계속 끄적거렸다. 김은 그의 볼펜 소리에 신경이 쓰였지만, 어쨌든 간신히 이야기를 마무리할 수 있었다. 김이 말을 멈추자, 그가 천천히 고개를 들어 김을 바라봤다. 그의 안쓰러운 눈빛이 아직도 기억나는데, 김을 세상 누구보다 불쌍하게 여기는, 그래서 김을 부끄럽게 만드는 그런 눈빛이었다.

"중독이야, 그것도."

교수는 그의 평소 목소리와 다른, 공기를 누르는 묵직한 목소리를 냈다. 김은 처음 들어 보는 그의 목소리에 주눅이 들었다.

"수동적 의존성이라는 건데, 이런 성격의 사람들은 상대방에게 치명적으로 애착하게 돼 있어. 그것을 사랑이라고 착각하는 거지. 웃긴 게, 막상 당사자는 절대 깨닫지 못해. 그래서 거기서 절대 벗어날 수 없는 거야. 타인에게 의존하고 중독돼서 사람을 빨아 먹고, 그럴 대상이 없을 때는 사람 대신 술에 탐닉하거나 마약 같은 약물, 또는 성행위에도 중독되는 거야, 그런 성격은. 그만 포기하는 게 어때? 동료로서 하는 말이야, 심리학자가 아니라."

그가 고개를 들어 불쑥 김의 눈을 똑바로 응시했다. 김은 그와 잠깐 동안 눈이 마주쳤는데, 그가 김의 마음을 스캔하듯 꿰뚫어 보는 것 같은 기분이 들었다.

"참, 자네 친구에게 그렇게 전하라고, 내 말은."

교수가 김을 보며 웃었다. 마치 다 알고 있다는 미소를 띠면서 말이다.

그들에겐 꿈이 없다고 했다. 그러니 꿈을 이루는 데 따르는 고통과 고독을 견디려 하지 않는 건 당연한 것이라고 말한다. 현실을 즐길 뿐이고 그게 그들의 유일한 관심사니까. 그들은 자신의 미래나, 자신이 책임질 누군가를 위해 희생하지 않고, 책임도 지지 않으면서 그걸 행복이라 생각하기 때문에 결코 행복해질 수 없다는 것이다. 쾌락을 행복이라고 착각할 뿐이라고. 그건 김도 알고 있다. 쾌락은 일시적이며, 결국엔 소모된다는 것을. 하지만 그들이 이런 진실을 알고 있을까.

"진짜 중요한 점은 이런 인간의 성격은 절대 바뀌지가 않는다는 것이야, 절대로."

교수는 동정 어린 눈으로 김을 바라보며 그의 어깨에 손을 올렸다. 김은 반사적으로 어깨를 움찔했고, 이내 손을 뿌리쳤다.

"네가 뭘 안다고 씨불여!"

김은 말을 뱉은 후 선 채로 얼어붙어 있었다. 발가벗겨진 기분이었다. 김은 그의 동정이 혐오스러웠다. 여태껏 살면서 김은 동정을 했으면 했지, 받아 본 적이 없는, 그런 부류의 사람이었다.

더욱 소름 끼치도록 혐오스러웠던 건, 김의 거친 반응에도 교수는 여전히 그런 반응마저 이해한다는 듯 위선적인 눈빛으로 김을 바라보고 미소 짓고 있는 모습이었다. 김은 교수에게 주먹을 날렸다. 순간적인 일이었고, 김조차도 자신의 그런 폭력적인 행동을 예상하지 못했다. 누군가 자신을 움직이고 조종하는 느낌이었다. 모든 게 눈 깜짝할 사이에 저절로 벌어졌다. 그리고 그런 김의 모습을 또 다른 김이 바라보고 있는 느낌이 들었다. 김은 멍한 표정으로 자신을 바라보았다.

교수는 어이없는 눈으로 김을 바라봤다. 김은 그 자리에

서마저 숨고 싶었다. 숨 쉬는 것마저 거북했고, 자신의 움직임조차 어색했다. 김은 도망치듯 방을 뛰쳐나갔다. 김은 교수의 말이 옳다는 걸 내면으로부터 알고 있다. 하지만, 몸은 그 사실을 외면했다. 내면의 진실을 회피하고, 김의 몸은 자꾸만 이성과 다른 방향으로 움직이려고 했다. 김의 몸은 자꾸만 머리와 분리되려 시도하는 것 같았다.

그 후로도 김은 교수와 연락을 시도한 적이 있었다. 불미스러운 일을 사과하고 싶었고, 전부터 알고 지내던 사이라 그 관계를 깨고 싶지도 않았기 때문이었다. 심리학과 교수라면 충분히 김의 힘든 상황을 이해하고, 김이 용서를 구하면 쉽게 다시 손을 내밀어 줄 거라 여겼다. 하지만 교수는 김이 필요한 건 상담이 아니라 치료라며, 그 후로 다시는 김을 만나 주지 않았다.

아내는 남자에게 중독되어 있었고 아내와 남자는 수동적 의존성의 전형들이었다. 김이 이해한 아내와 그 남자의 관계는 정확히 그랬다. 그래서 김은, 이혼을 결심했다. 이미 벌어진 일을 되돌릴 수 없다는 평범한 진리를 받아들이기로 한 것이다. 하지만 당분간은 그러지 않을 것이다. 김은 아내를 사랑한다. 아니, 했었다. 그리고 그녀와 사이에서 낳은 아이를 사랑한다. 김은 아내가 변하지 않으리란 것을 안다. 아내이기 때문에 감당했고 덮어 주었던 많은 일들의 끝에 그 일이 터진 것이다. 이젠 더 이상 그래 줄 필요가 없다. 김은 인정하고 싶지 않았다. 일과 가정에서 실패를 했다는 것을.

김은 받아들이기로 했다. 김이 아니라 다른 누구였어도 일어날 일은 결국 일어난다. 그 일들은 그들의 주체적인 행위의 결과이다. 그들은 김을 유린했고 남편으로서 가장으로서 인격을 짓밟았다. 김이 피해자이면서 스스로 자책하는 것은 옳지 않다. '내가 어떠했더라면'이라는 가정은 이미 의미가 없다.

그들은 그리 타고났다. 그걸 운명이라 한다. 그들은 운명을 바꿀 기회를 스스로 날려 버렸다. 김은 그러지 않을 것이다. 삶의 고통은 눈앞의 문제를 대면하는 것이고, 삶의 의미는 그 문제를 해결하는 데 있다.

김은 그들을 자신의 삶으로부터 떠나보내야 했다.

6
SCHEMA

 김은 자리에서 일어섰다. 남자도 김을 따라 일어났다. 남자의 얼굴이 붉으락푸르락했다. 당분간 흥분이 그의 혈압을 올릴 것이고 인슐린은 좀 더 빠른 속도로 몸속에 퍼질 것이다. 커피숍을 나와 남자가 주차장에 멈춰 섰다.
 "앞으로 다시 만나면, 그땐 바로 죽여 버릴 거니까."
 김은 남자의 귀에 속삭인 후, 그를 지나쳐 자신의 차로 돌아왔다. 운전석에 앉아 그가 출발하기를 기다렸다. 남자는 차에 타지 않고, 담배를 피우며 어딘가로 전화하고 있었다. 김은 그게 아내라는 것을 짐작할 수 있었다. 김에게 받은 수모를 아내에게 풀고 있는 것 같았다. 아내와 연락하지 않겠다는 조금 전의 말을 믿은 건 아니었지만, 씁쓸한 건 어쩔 수 없었다. 신경질적인 통화를 끝냈는데도 남자의 차는 출발하지 않았다. 벌써 저혈당 쇼크가 온 것일까? 걱정하던 찰나, 다행히 남자의 차가 움직였다. 김은 정확히 오 분을 더 기다렸다. 그 정도면 위장에서 흡수된 인슐린이 그의 혈관을 타고 온몸으로 퍼졌을 법한 시간이니까. 그리고 그가 갔던 길을 따라 김은 서서히 차를 출발시켰다.

아내가 동창 모임을 다녀온 어느 날은 아내에게서 좋은 냄새가 났다. 이차로 노래방까지 갔다고 하는 모임이었다. 자정이 넘어 집에 돌아온 아내에게선 술 냄새 대신 향긋한 샴푸 냄새가 났다. 낯선 향기는 치명적일 만큼 매혹적이었다.

"왜 이렇게 뉘어졌어?"

다음 날 뉘어져 있는 자동차 조수석 시트를 보고 아내에게 물었다.

"응…… 아들이 타잖아요."

"응? 나는 당신만 시트를 뒤로 뉘는 줄 알았는데."

아내는 차를 탈 때 항상 차 시트를 적당히 뒤로 빼고, 일정한 각도로 뉘는 버릇이 있다. 분명, 아내는 전날 운전석이 아닌 조수석에 앉아 있었다.

지나쳤던 사소한 과거의 사실들이 끊임없이 튀어나와 김을 괴롭혔다.

아내는 김의 차를 타고 다녔는데, 그 차엔 블랙박스가 달려 있다. 차를 샀을 때 딜러가 달아 줬던 건데, 몇 주 전 아내가 사고를 냈을 때 메모리 디스크 용량이 부족해서 필요한 사고 영상을 저장하지 못한 적이 있었다. 김은 한

가한 휴일 아침에 블랙박스의 디스크를 메모리 용량이 큰 것으로 바꿔 달았다. 사용했던 디스크를 버리기가 아까워 김이 즐겨 쓰던 태블릿에 사용했으면 싶었고, 그래서 김은 디스크를 포맷하기 위해 컴퓨터 포트에 꽂았다. 디스크를 인식한 컴퓨터에 블랙박스의 동영상이 자동으로 플레이되기 시작했다. 처음 보는 장소가 동영상을 멈추려던 김의 시선을 끌었다. 포맷하려던 일을 잠시 멈출 수밖에 없었다. 아내는 김이 모르는 장소에 갔었다. 그럴 수도 있는 일이었지만, 웬일인지 이상한 기분이 들었다. 간선도로 주변의 구석진 전원주택 단지처럼 보이는 곳에 주차했던 차에 아내가 오르자, 옆에 검은색 중형차 한 대가 다가섰다. 잠시 알 수 없는 이야기 소리가 들리고 아내는 그 차를 뒤따라 출발했다. 신호등에 걸린 두 차가 나란히 멈춰 섰다. 아내가 창문을 열고 다시 무언가 말했다. 웃음이 섞인 말의 의미를 알아들을 순 없었지만, 대화 소리에서 뭔가 서늘한 기운이 느껴졌다.

  안구에 맥동이 느껴졌다. 침을 삼켰지만, 되레 기침이 나왔다. 동영상 화면 아래 디지털로 표시되는 시간에 시선이 갔다. 분명, 그날이었다.

그날의 기억이 생생하다. 피곤한 아내를 쉬게 하려고 아들과 등산을 간 날이었다. 그날 김은 하산 도중에 아들과 길이 엇갈렸다. 아직 취학 전인 어린 아들을 잃어버렸다는 생각에 마음이 급해진 김은 아내에게 전화를 걸어 아들이 혹시 집에 돌아오지 않았느냐고 물었다. 아프다던 아내는 동네 목욕탕에 왔다가 친구를 만나 옆 동네에서 식사하고 있다고 했다. 하나뿐인 아들을 잃어버렸는데 태연히 무슨 소리냐고 다그쳤었다. 빨리 집에 들어가라고 했지만, 아내는 방금 주문해서……라며 말끝을 흐렸다. 김은 그 상황을 이해할 수가 없어 화가 났다. 김은 제정신이 아닌 상태로 집으로 뛰어왔고, 결국 아들도 시간이 좀 지나 멀지 않은 집을 무사히 찾아 돌아왔다. 아내는 아들과 김이 집에 돌아온 후에도 오지 않았다. 그로부터 두 시간이 더 지나고서야 멋쩍은 미소를 띠며 집으로 돌아왔는데, 그 표정에는 미안함보다는 눈치를 살피는 영민함이 섞여 있었다. 김은 화가 나서 한동안 아내에게 말을 하지 않았다. 말을 시작하면 화를 낼 것이고, 그러다 자신도 모르게 분노가 폭발하면서 무언가를 부수거나, 심하면 아내에게 위해를 끼치는 일을 벌일 것만 같았다. 김은 그런 일이 벌어질까 두려웠고, 그래서 더욱 마음을 가라앉혀야만 했다. 그리고 시간이 흘러 그 일이 잊힌 듯했었다.

  블랙박스는 그 시간 아내가 한적한 교외에서 목욕탕 친구가 아닐 수밖에 없는 남자와 있었다는 사실을 보여 주고 있었다. 아내는 이런 일로 거짓말을 할 사람이 아니다. 말하지 못할 사정이 있었을 거라는 믿음이 스멀거리며 올라오는 의심을 눌렀지만, 보이는 사실들이 미꾸라지처럼 바닥을 휘저으며 수많은 의심을 일으켰다.
  그게 시작이었다.
  블랙박스 동영상을 보고 밤잠을 설친 다음 날, 김은 아내에게 조심스레 그날의 이야기를 꺼냈다.
  "여보, 지난 토요일 있잖아, 민재 잃어버렸을 때. 친구랑 밥 먹는다며 두 시간도 더 지나서 들어왔잖아? 그때 누굴 만난 거야? 내가 아는 사람이야?"
  "그랬어요? 많이 섭섭했어요?"
  그 말이 전부였다. 김의 수많은 질문에, 아내는 대답도 아니고 맥락도 없는 엉뚱한 질문을 김에게 되돌렸다. 다음 말을 기다려 보았지만, 김은 아내에게서 더 이상 어떤 말도 들을 수 없었다.
  더는 대화가 불가능했다. 김이 아는 아내는 거짓말을 못하는 사람이다. 김이 추측하는 것들은 사실이 아닐 수도 있다. 어떻게 십 년 넘게 한 이불을 덮고 살아온 사람을 의심한단 말인가. 김이 망상하고 있을 수도 있다. 무엇이 사실이고 무엇이 망상인지, 김은 자신을 믿을 수가 없었다. 심지어 자신이 잡지에서나 보던 의처증이란 병에 걸린 건 아닌지 스스로도 확신할 수가 없었다. 모든 것이 혼란스러웠다. 김이 진짜 미쳐 가고 있는 건지도 모를 일이었다.

7
SCHEMA

간선도로에 접어들었다. 과연 성공했을지 손바닥에 땀이 스며들었다. 김은 손을 허벅지에 문지르며 핸들을 힘주어 움켜쥐었다. 저 멀리 그의 차가 보였다. 남자의 차는 터널 입구를 들이받고 멈춰 서 있었다. 찌그러진 보닛에서는 연기가 피어올랐다. 에어백이 터진 핸들에 얼굴을 처박고 있는 그의 옆을 김은 아주 느린 속도로 지나쳤다. 그와 눈이 마주쳤지만, 그의 눈동자는 초점이 없어 보였다. 그의 눈에는 눈물이 흘러나왔고, 김의 입에서는 웃음이 새어 나왔다.

아내는 괴로워 죽겠다고 했다. 그런데 정작 자신의 외도가, 자신의 잘못된 행동이 괴로운 게 아니었다. 외도 사실을 들킨 게 창피해 죽고 싶다고 했다. 그게 실제의 아내 모습이었다. 다른 사람이 알면 자신이 뭐가 되겠냐며 창피해 밖에 나갈 수도 없다고 했다. 그제야 김이 자신을 협박한다는 말이 이해가 됐다. 김은 되돌릴 수 없는 일을, 되돌려서는 안 되는 일을 붙잡고 있었다.

갈기갈기 찢어 죽이고 싶다. 물어뜯어 잘근잘근 씹고 싶었다. 그게 김의 분노의 실제 모습이다. 그렇다고 아내를 죽일 수는 없었다. 한때 사랑했었고, 그 온기가 지금도 미약하게나마 남아 있다. 물론 식어 가겠지만. 그리고 무엇보다, 아직까지는 김의 아이 엄마다. 김의 분노는 자연스레 남자를 향할 수밖에 없었다. 죽이고 싶었다, 그리고 죽여야만 했다.

그날, 김은 휘파람을 불며 간선도로를 지나쳤다. 집에 돌아오니 친정에 가서 자고 온다던 아내가 집에 돌아와 있었다. 아내는 김에게 눈인사를 건넸다. 무언가 묻고 싶은 얼굴이었지만 아내는 김이 방에 들어갈 때까지 별말이 없었다. 김은 여느 때와 다름없이 샤워를 마치고서, 아들의 숙제를 챙겼다. 김은 할 일을 끝내고 나른한 몸을 침대에 뉘었다. 아내가 조용히 다가왔다. 그녀가 김의 옆에 몸을 바싹 붙여오며 다정스럽게 귀에 소곤거렸다.

"그 사람…… 만났어요?"

김은 아내의 얼굴을 빤히 바라봤다. 천진스런 얼굴이었다.

"왜?"

김은 되물었다.

"당신이 어떻게 알지?"

그 사람과 연락하지 않기로 했으니, 아내는 그 사람과 김과의 만남을 알지 못해야 한다. 계속 연락을 하고 있었다는 김의 추측이 틀리지 않았다. 아내는 김의 물음에 대답이 없었다. 김도 할 말이 없었다.

말하지 않는다는 것. 그러고 보니, 아내는 그걸 못 참겠다고 했다. 김은 화가 나서 닥치는 대로 때려 부수고 싶은 폭력성을 가까스로 억누르며 침묵할 때, 아내는 자신이 무시당하는 것 같아 참을 수 없다고 했다. 김은 아내에게 손찌검 한 번 하지 않았다. 그걸 아내는 무시당했다고 말했다. 화를 냈으면 폭력을 당했다고 했을 것이다. 아내의 불만은 결국 내용만 달라질 뿐, 계속 이어졌다. 같이 사는 한 아내의 불만은 평생토록 계속될 것이다.

김은 눈을 감고 잠을 청했다. 잠이 오지 않았다. 다시 헛웃음이 나왔다.

아내는 피정을 가고 싶다고 했었다. 1박 2일간의 일정이니 같이 간 일행들과 숙박을 하고 다음 날 온다는 것이었다. 김은 아내가 소소한 일탈을 꿈꾸고 있는 건지도 모른다고 짐작했다. 그것이 그 정도, 그러니까 친구들과의 피정처럼 감당할 수 있을 정도의 소소한 것일 거라 생각했다. 대신 김은 다음 날 아내에게 마중을 나가겠다고 했다. 버스터미널에서 아들과 김이 기다릴 것이라고, 아내를 향한 김의 불안함을 그렇게라도 표현했었다. 그렇게 하면 아내는 김이 그녀를 걱정하고 있다는 것을 알아차릴 것이라고, 그래서 걱정하는 큰 일탈은 없을 것이라고 생각했었다. 그녀는 미리 알려 준 고속버스로 오지 않았었다. 모텔에서 오는 버스는 없으니까. 아내는 이틀을 그 남자와 오롯이 보내고, 피곤한 거짓 얼굴로 김과 아들을 맞이했다.

아내는 김과의 사소한 언쟁 뒤에도 생각할 시간이 필요하다고 했다. 어린이날이 낀 사흘간의 연휴가 있으니, 제주도에 있는 친구네 집엘 가겠다고 했다. 어린이날에 초등학생 아들을 두고 친구네 집에, 단지 '생각'하러 간다는 걸, 김은 이해해야 했다. 김은 아내의 그 여행 계획에 동의했다. 그리고 또다시, 공항으로 아들과 마중을 나갔다. 아내는 이제 사흘을 그 남자와 보내고 뻔뻔하게 웃는 얼굴로 나타났다. 남자와 아내는 열 발자국 정도의 거리를 두고 차례로 도착 게이트를 빠져나왔다. 그걸 모르는 아들이 뛰어가 아내에게 안겼다. 남자는 그런 아이를 비웃으며 지나쳤다. 그렇게 김의 배려는 농락당하고 유린당했다. 이런 일이 반복되면서 남자는 김을 멍청하다고 생각했고, 아내도 어느덧 김을 그렇게 대하고 있었다.

일주일이 지났다. 그는 죽지 않았다. 남자는 중환자실에 있었다. 의식이 없는 상태라고 했다. 그 소식을 듣고 일을 마무리하기 위해, 김은 어느 늦은 밤 그의 중환자실을 찾았다. 남자는 교통사고로 뇌출혈이 있었고, 여전히 혼수상태가 지속되고 있었다. 중환자실은 기계음만 들릴 뿐 깊은 동굴 속처럼 고요했다. 간호사들은 데스크 위의 컴퓨터 모니터에 고개를 파묻고 있었다. 남자는 입에 호흡기를 낀 채 고요하게 잠들어 있었다. 아내에 대한 김의 배려를 우둔함으로 비웃은 남자를, 김은 한참 동안 내려다보았다. 주머니에 한 손을 넣은 채 그를 내려 보고 있자니, 귓속에 그들의 비웃음 소리가 들렸다.

'거봐, 내 말대로지?'

'어머, 정말이네. 감쪽같아. 호호!'

링거가 한 방울씩 남자의 팔뚝으로 떨어져 스며들었다. 김은 피가 머리로 솟구치는 것만 같았다. 주머니에 담아 둔 인슐린이 손에 잡혔다. 끝장내고 싶었다. 당장이라도 남자의 숨통을 끊어 놓아야 분이 풀릴 것 같았다. 하지만 김은 이내 호주머니에서 손을 뺐다. 갑자기 그런 생각이 들었다. 그가 될 수 있는 한 오랫동안 이 고통을 느끼게 하고 싶었다. 김은 살인자가 되지 않을 것이다. 김은 곧장 그 자리에서 돌아 나왔다. 이렇게 고요하게 그를 보내줄 순 없었다. 사고는 그가 일으킨 것이고, 고통도 그의 몫이니까. 설사 그가 죽는다 해도, 그의 죽음에 김은 아무런 책임이 없는 것이다.

외도 사실을 알기 전까지 그렇게 활력에 넘치던 아내는 방구석에 처박혀 줄담배만 피워 댔다. 김은 아내가 담배를 피우는 줄도 몰랐다. 수십 년 동안 김은 그녀가 담배 피우는 모습을 단 한 번도 보지 못했다. 그 남자가 남편인 김보다 더 많은 비밀을 아내와 공유한다는 사실만으로도,

김은 쓸모없는 사람이 되어 버린 기분이었다. 김은 그의 존재조차 몰랐고 그는 자신의 사생활을 포함한 모든 것을 속속들이 알고 있었다. 그리고 그 사실을 알려 준 사람은 평생 함께할 거라고 믿었던 자신의 아내이다.

집에 돌아왔을 때 아내는 눈물을 보였다. 그 눈물이 얼마나 순수해 보였던지. 정말 아내가 순수하고 슬퍼 보여서, 정말이지 김조차 슬펐다. 그게 다른 종류의 슬픔이라는 걸 생각하자니, 더욱 가슴이 미어지게 슬펐다.

"어떻게 된 일이에요?"

아내가 물었다.

"뭐가?"

김은 되물었다. 아내의 질문에 질문으로 대답하는 일이 잦아졌다. 아내는 남자의 상태를 알고 있는 눈치였다. 사고 전에, 남자가 김을 만난 것도 알고 있었다. 아내는 김이 그의 교통사고와 관계가 있는지가 궁금한 것이다.

아내는 김의 편일까? 과거야 어쨌든, 현재는 그 남자의 편임에 틀림없다. 남자 편에서 김을 속이며 비웃어 왔으니까. 당연한 일이다. 아내와 남자가 그랬듯이 김은 사실을 숨겨야 했다. 그녀가 그랬듯이 질문에 질문으로 대답하며 지내야 했다. 김의 가면은 두꺼워지고, 우울감은 점점 깊어 갔다. 잠 못 이루는 날들이 많아졌다. 숨만 겨우 쉬고 사는 날들이었다.

잠 못 이루던 어느 밤, 아내가 잠꼬대를 했다.

"자기야, 언제 끝나?"

'자기'가 아니다. '민재 아빠'다.

"난 좋아, 자기야."

'민재 아빠라니까.'

김은 자신이 '자기야'란 이름으로 언제 불렸던가, 기억하려 노력했다. 그런 적은 없다. 그런 적은 단 한 번도 없었다. 아내는 남자와의 행복한 시간을 꿈꾸고 있었다. 그와의 외도를 후회하고 있다는 말은 그녀의 무의식에는 없다. 그녀의 가식이 만들어 낸 말이었다. 침대엔 김의 자리가 없었다. 김은 침대 밖으로 걸어 나올 수밖에 없었다.

8
SCHEMA

행복한 표정으로 잠들어 있는 아내를 보고 있자니 숨통이 조여 왔다. 답답했다. 아내의 외설스러운 몸짓이 떠오르고 남자의 기괴한 웃음이 생각났다. 김이 감당할 수 있을까. 잠을 자야 했다. 김은 안식이 필요했다. 아주 깊은 안식이. 다행히도 김은 몇 알의 졸피뎀과 프로포폴이 그런 안식을 준다는 걸 알고 있다. 그런 다행감이 김에게는 절실히 필요했다. 바지 주머니에서 차 열쇠를 꺼내 들고 아파트 지하 주차장으로 향했다. 담배에 불을 붙였다. 아내에게 배운 담배. 김은 어떻게 십여 년 넘게 한 이불을 덮고 산 아내가 담배 피우는 줄도 몰랐을까? 김이 또 몰랐던 것이 뭘까? 아니, 아는 게 뭘까? 담배 한 개비를 피우는 동안, 김은 아무 대답도 찾을 수 없었다. 이젠 집보다는 작업실이 편했다. 방음된 작업실이 있는 회사 건물의 야간 출입문을 열었다. 자리를 지켜야 할 수위가 보이지 않았다. 김은 작업실 문을 열고 들어가 냉장고에서 앰플을 꺼냈다. 새벽 두 시가 넘어서고 있었다. 가죽 소파에 몸을 눕히니 푸르스름한 빛을 내는 형광등이 얼굴을 비쳤다. 김은 익숙한 솜씨로 팔뚝에 토니켓을 감고 프로포폴이 가득 든 주사기를 꼽았다. 김은 이 뾰족한 바늘이 그렇게도 두려웠었다. 첨단공포증. 고통은 고통으로 이겨 내는 것이다. 김은 바늘을 팔뚝에서 불끈거리는 혈관에 꽂았다. 비스듬한 바늘 끝으로 살을 뚫는다. 김이 경험한 세상은 살면 살수록 공포에 직면해야 할 순간들의 연속이었다.

 공포는 사람을 각성시키고 흥분시킨다. 공포는 아드레날린과 도파민을 분비시켜 근육과 신경을 칼처럼 날카롭게 한다. 몸은 공포를 잊기 위해 쾌락을 유도하는 호르몬을 분비한다. 공포는 그런 방식으로 사람을 강하게 만든다.

 이 순간들을 즐길 만큼, 김은 공포를 즐길 수 있게 되었다. 어금니로 토니켓을 풀고 서서히, 아주 서서히 프로포폴을 밀어 넣는다. 이제 주삿바늘을 뽑고 알코올 솜으로 주사 부위를 누르며 팔을 접는다.

 하나, 두울, 세엣, 네에엣. 김은 깊은 잠에 빠져든다. 천상의 순간이다. 아내가 찾았을 행복이 여기에도 있다. 무상무념의 편안함, 아늑함. 그 가운데로 김은 빠져든다. 아내도 남자도 없는 세상, 모든 것을 잊을 수 있는 세상에, 김이 존재한다. 깨고 싶지 않은 허상. 김이 살아왔던 허상. 영겁같이 느껴진 순간은 찰나의 순간이다.

 지옥 같은 세상에서 깨어났다. 시계는 새벽 여섯 시를 지나고 있었다. 무거운 마음으로 작업실을 나와, 다시 집으로 향한다. 보이지 않던 수위가 건물 밖까지 쫓아 나와 인사를 건넨다. 퇴근이 아닌 출근이다. 세상으로의 출근.

아내는 아직도 깊은 잠에 빠져 있다. 그녀의 얼굴은 희열에 가득 차 있다. 그녀는 아직도 깨어나고 싶지 않은 허상 속에 있을 것이다. 그 남자와의 추억은 어제의 약물보다 강한 듯 보였다.

아침 일곱 시, 아내는 아직도 잠에서 깨지 않는다. 다만 희열에 찬 얼굴이 근심에 가득 찬 얼굴로 바뀌어 있었다. 아내는 깨어난 것이다. 깨어 있으나 일어나지 않고 있는 것뿐이다. 김은 몸을 일으켜 욕실로 향한다. 더운물로 온몸의 세포들을 깨운다. 살아 있다. 그뿐이다. 오늘도 지낼 것이다. 살아서 지낸다. 살아가는 게 아닌, 버티는 게 삶이 되어 버렸다.

아내는 다음 날도 잠에서 벗어나지 못하고 있다. 김은 멍하니 앉아 잠든 그녀를 내려다본다. 그녀는 숨소리조차 들리지 않을 정도로 깊은 잠에 빠져 있다. 공허한 웃음이 입가에 스민다.

아내가 집에 들어오지 않았다. 휴대전화는 꺼져 있다. 김은 아내가 어디 있는지 모른다. 사실 아내가 누구인지도, 어떤 사람인지도 몰랐다. 그녀는 어디 있을까? 김은 모처럼 혼자 누운 침대에서 깊은 단잠에 빠졌다. 꿈도 없는 깊은 잠이었다. 모든 것은 찰나였다. 동이 터오고 있다. 김은 여전히 혼자다. 웃음이 새어 나온다. 김은 침대에서 일어나 거실의 라디오를 틀고 욕실로 향한다. 옷을 벗어 던지고 샤워기 꼭지를 돌린다. 얼음장 같은 물이 가슴팍에 떨어진다. 피가 머리끝으로 몰리고 머리털은 발기하듯 일어선다.

"시팔."

조금 견디니 물은 미지근해지기 시작한다. 어느 순간 김이 모락모락 피어나고, 얼얼하게 뜨거워지기 시작한다. 물은 계속 뜨거워지고, 불이 몸에 쏟아지기 시작한다. 살갗이 시뻘겋게 달아오른다.

"으악."

김은 이를 악물었다. 그래, 이런 게 고통이다. 김은 그 불을 견뎠다. 샤워 꼭지를 찬물로 돌리자, 이미 데인 피부가 쓰라렸다.

몸의 물기를 대충 마른 수건으로 닦는다. 칫솔에 치약을 묻히고 김이 서려 있는 거울을 손바닥으로 문지른다. 낯선 남자가 서 있다. 인공호흡기를 물고 있는 남자의 모습이다. 그 모습을 보며 김은 양치를 시작한다. 웃음이 잇몸 사이로 흘러나온다. 치약 거품이 떨어진 세면대에서 구린내가 올라온다. 웃음은 분노로, 울음으로 계속 그 모습을 바꾼다.

"더러운 새끼."

 입 속 가득한 치약 거품이 한가득 뿜어져 나왔다. 거울 속 남자는 흘러내린 거품에 서서히 지워지기 시작한다.

SCHEMA

스키마

스키마(schema)는 인간의 지식(믿음, 신념, 기대)을 가리키는 추상적인 개념으로 어떤 유형의 정보를 선택적으로 수용하여 보게 하는 통제적 기재로써 이미 수립된 이해 방식이나 경험이 새로운 정보를 이해하는 데 영향을 미치는 것을 말한다. 즉 어떠한 사건에 대해 자신이 알고 있는 범위 내에서 판단하고 수용하는 행위이며 무엇이 지각되어야 하는지를 결정하고 통제하여 환경에 대한 개인의 경험을 구축하는 기능을 한다.

1
SCHEMA

― 야, 보고해.

― 네, 자신의 불륜 사실을 직장에 알린 지인에게 수십 차례 협박성 문자 메시지를 보낸 사십 대가 입건됐습니다.

― 혐의가 뭔데?

― 어, 그게, 정보통신법 위반입니다.

― 확실해? 그런 법이 있어?

― 네?

― 너 이 새끼, 대충할래? '정보통신망 이용촉진 및 정보보호 등에 관한 법률' 아니야?

― 네? 네, 맞습니다.

― 너 같은 새끼 때문에 '기레기' 소리 듣는 거 아냐, 인마. 똑바로 안 할래?

― 네, 죄송······.

― 당사자는 뭐래? 혐의를 인정한대? 그 지인이란 사람, 명예훼손으로 맞고소하진 않았어? 직장은 어디야? 사내 불륜이야? 불륜 상대가 직장 상사야?

― 네? 저, 그게······.

― 이 새끼가 진짜······ 형편없네, 이거. 삼십 분 뒤에 보

완해서 다시 보고해. 알았어? 그리고 양현아 같이 있지?

― 네, 네? 아니요.

― 있다는 거야, 없다는 거야? 병신 새끼, 전화 끊고 수배 때려서 현아는 들어와서 직접 보고하라고 해.

석기는 전화를 끊고 휴, 하고 한숨을 내뱉었다. 전화기 너머에서 석기를 욕하는 소리가 들리는 듯했다. 그도 이미 알고 있다. 자신도 그랬으니까. 예전 같으면 쉽게 참을 수 있었던 일들도 이젠 그때처럼 대하기 어렵게 되어 버렸다.

후배들의 같은 실수가 반복될수록 자신의 임계점이 계속 낮아지고 있다는 것도 잘 알고 있다. 나이가 들면 더 여유롭고 너그러운 사람이 될 줄 알았던 석기에게도, 그건 당황스러운 일이었다.

그럼에도 순간적으로 밀려오는 짜증과 분노가 가끔 자신을 집어 삼키는 것을 막을 수가 없었다. 후임자임에도 윗사람을 배려하지 않는 버릇없는 이들, 고치고 바꿔 나아지려 하지 않고 불만만 쌓아 놓는 게으른 청춘들을 석기는 견딜 수가 없었다. 그러다 쉽게 폭발하는 지경에 다다르는 일들이 점점 잦아짐을 스스로도 느끼고 있었다.

갱년기. 처음엔 그걸까, 생각했다. 남자도 갱년기가 찾아온다는데, 이런 설명할 수 없는 감정의 기복을 호르몬 때문이라고 한다면 모든 걸 간단히 이해할 수도 있다. 아니면 번아웃 증후군일 수도 있었다. 비슷한 하루가 지나고, 익숙한 사람을 대하고 똑같은 실수를 지적하고 수습하는 자신의 모습을 보며, 이렇게 살다가 죽는 게, 아니 죽을 때까지 이렇게 사는 게 인생인가 하는 생각이 자꾸 들었다. 그런 생각을 하다가 또 하루가 지나고, 어제와 같은 하루가 다시 반복된다. 내일은 오늘과 같을 것이며, 변해 가는 것은 늙어 가는 자신의 모습이고, 살아갈 날은 그렇게 점점 줄어 가겠지 하는 생각을 하다 보면 끝없는 우울감에 사로잡혔다. 석기는 그런 삶의 끝을 직감하고 있는 건지도 모른다. 덫에 걸린 자신의 운명의 탓을 아무 상관 없는 그들에게 뒤집어씌우고 있는 것을 스스로도 알고 있었다.

석기가 진정 용서하지 못하고 있는 것은 후배들이 아니라, 자신의 모습이라는 것, 그 모습을 후배들에게서 발견할 때 그토록 분노했다는 사실을 깨닫고도 그는 바뀌지 않았다. 석기는 인정하기 싫었고, 그러다 보면 다시 화가 났다. 그리고 깨달았던 걸 다시 잊었다. 또 다른 덫에 걸린 기분이었다.

휴대전화가 울렸고 액정에 여동생의 사진이 떴다.

― 어, 은주야, 무슨 일이야?

은주와 통화를 시작하자마자 수화기에 다른 신호음이 울리기 시작했다. 또 다른 전화가 걸려 오고 있었다.

― 아, 은주야, 지금 바쁘니까 나중에 바로 전화할게. 별일 없지?

석기는 전화를 끊고 곧이어 다른 전화를 받았다. 은주의 대답을 희미하게 들은 것 같았다.

― 네, 사회부 김석기입니다.

― 주은이가 죽었대.

― 네? 누구십니까? 먼저, 무슨 일인지 자세히 말씀해 주시겠습니까?

― 왜 그래 너, 나 진우야.

― 어? 뭐? 진우?

― 그래 인마, 네 친구 진우라고, 죽은 사람도 네 친구 주은이고. 정신 좀 차려, 인마.

― 어? 주은이? 주은이가 왜?

2
SCHEMA

 주은의 작업실은 수도권 변두리의 나지막한 언덕배기에 위치해 있었다. '그 지역을 빛냈다'고는 하지만 출생과 그 이후 잠깐 동안의 성장기를 제외하면 딱히 연고가 없는, 수년 전에 작고한 유명 소설가의 이름을 딴 문학관이 시야에 들어왔다.
 "책을 내지 못한 신인 작가에게 문학관에서 무료로 작업 공간을 제공해 주나 봐."
 등단은 했으나 책을 내지 못하고 있는, 형편이 어려운 신인 작가에게 육 개월간 숙식과 작업실을 제공하고 책이 발간될 때까지 도움을 주는 지역 문화 사업의 일환이라고 진우는 설명했다. 차가 문학관의 텅 빈 주차장에 멈춰 섰다. 주은은 서너 명의 작가와 함께 공모에 당선되어, 죽기 전 마지막 몇 달을 이곳에서 지냈다. 주은의 장례식장 입구에서 느꼈던 이상한 기운이 다시 몸에 스며들었다. 진우와 석기는 누가 먼저랄 것도 없이, 그때처럼 담배를 꺼내 물었다. 착잡한 기분이었다. 망자의 물건을 가지러 오는 길이었으니, 오는 내내 진우도 마찬가지였을 것이다. 둘은 담배 연기를 깊숙이 들이켰다. 한숨 소리만 차 안에 가득했다.

"주은이 쓴 소설 읽어 봤니?"

진우가 물었다.

"아니."

석기는 주은이 지방의 신춘문예에 당선되었다는 이야기를 전해 들은 기억이 얼핏 떠올랐다. 언젠가 찾아 읽어 봐야겠다고 생각했었지만, 지금껏 잊고 지냈다. 주은을 꽤 오랜 세월 잊고 산 기분이었다. 그 일이 죄책감을 느낄 만한 일이 아님에도, 석기는 죄인이 된 기분이었다.

"책 제목이 뭐야?"

석기는 스마트폰을 꺼내며 진우에게 물었다.

"아직 출간된 책이 없어."

'아직'이라고 했다, 진우는. 죽은 사람에게 다음이 있을 것도 아닌데, '아직'이란 단어가 신경에 거슬렸다. 소설을 읽어 봤냐고 물으면서 출간된 책이 없다고 말하는 진우가 자신을 놀리는 것 같았다.

"'책을 내지 못한 신인 작가'라고 했잖아. 그래서 주은이 이곳 작업실에 거주했다고……."

진우는 아까 했던 말을 되풀이했다. 첫 책을 내기 위해서 주은이 이곳에 들어와 소설책을 준비하며 지냈다는 것이다. 주은은 이곳에서 그녀의 첫 번째이자 마지막 책을 쓰고 있었다. 첫 소설책. 왜 이제야 책을 내려 했는지, 그 속에 담겼을 이야기가 궁금했다. 소설가의 첫 작품은 대개가 자전적인 이야기라던 어느 비평가의 말이 생각났다. 그 비평가는 쓰지 않으면 터져 버릴 만큼 축적된 에너지가 작가를 만드는 것이라고 했다. 그게 특별했던 개인의 경험이나 그 일을 겪으면서 축적된 감정들일 수도 있다고, 그걸 가슴에서 뽑아내야 작가가 될 수 있다고도 했다. 그리고 그걸 써야 다음 이야기로 넘어갈 수 있다고도 했다. 주은의 자전적 이야기라면, 그때의 일도 포함되지 않았을까 싶다. 주은의 삶을 바꾼 이야기라서, 어떤 식으로든 그때의 일이 나올 것이란 생각이 들었다. 이야기 속에 자신은 어떤 모습으로 등장할지 석기는 잠깐 동안 생각했다. 형석과 아영을 어떻게 생각하고 있었을지, 아마도 끝까지 증오하고 저주했을 것 같다는 생각이 들었다. 그러다 자신이 주은의 생각을 추측할 만큼 그녀에 대해 잘 알지 못한다는 사실을 깨달았다. 어깨까지 내려오던 긴 머리카락에 얼굴을 숨기고 울던 주은의 모습이 어렴풋이 떠올랐다. 그녀가 기억하던 친구들의 모습은 어땠을까. 하얗게 타들어 간 담뱃재가 차 바닥에 떨어졌다. 누가 악역으로 등장할지, 자신은 어떤 역으로 비쳐졌을지 생각하다가 석기는 자신이 주은에게 좋은 사람이었는지 생각했고, 그러다 보니 그런 생각조차 처음 하고 있다는 생각이 들었다.

"혹시……."

진우가 머뭇거리며 말을 꺼냈다.

"혹시라도 말이야, 주은이 남긴 소설 같은 게 있다면, 네가 마무리해 줄 수 있겠어? 출판 말이야, 너도 글을 쓰는 사람이잖아?"

작가와 기자 차이를, 소설과 기사의 간극을 진우는 알지 못하는 것 같았다.

"진우야, 그건……."

그건 진실과 허구처럼, 전혀 반대의 것이란 말을 하고 싶었다. 진우의 진지한 표정을 보지 않았다면, 석기는 당연히 그렇게 말했을 것이다.

"알았어, 진우야. 어떻게든 한 번 해 볼게."

진우는 그제야 인상을 풀고 환하게 웃었다. 주은의 미발표 소설이 있다는 가정에 딸린 이야기였으므로, 진우와의 약속을 무겁게 생각할 필요는 없어 보였다.

"들어가자."

석기가 앞장서 문학관 로비에 말을 디뎠다. 로비와 접한 복도에 문이 열려 있는 사무실이 보였다. 소화기로 열린

문을 받치고 있는 사무실로 들어서자 맞은 편 책상에 앉아 있던, 굵은 뿔테 안경을 쓴 여자가 진우와 석기를 졸린 눈으로 쳐다보았다. 무슨 일 때문에 오셨느냐, 따위의 인사말을 기대했지만, 그녀는 무뚝뚝한 얼굴로 진우와 석기를 물끄러미 바라보고만 있었다.

"저기, 서주은 씨라고…… 가져가야 할 게 있다고 들었습니다만……."

석기는 무표정한 그녀의 기분을 살피며, 에둘러 조심스레 말을 건넸다.

여자는 들고 있던 볼펜을 놓고 말없이 자리에서 일어섰다. 피곤한 기색으로 의자를 밀더니, 등을 돌린 채 역시나 말없이 사무실 안쪽의 다른 문으로 사라졌다. 석기와 진우는 서로를 멀뚱멀뚱 바라보고 있었다. 여자는 한참 후 사과 박스 크기의 상자를 들고 사무실로 돌아왔다. 그리고 시선을 회피한 채 입을 열었다.

"저번 달까지 비워 주셨어야 했는데…… 뭐, 어쩔 수 없죠, 어쨌든 그리되셔서……."

여자는 핀잔을 하려다 그 대상이 더 이상 존재하지 않음을 깨달은 눈치였다.

상자 안에는 낡은 책 몇 권과 만년필 한 자루, 필기 노트 두 권, 그리고 노트북 컴퓨터가 들어 있었다.

"이게 다인가요?"

석기가 묻자, 여자는 피곤한 표정으로 고개를 끄덕였다. 마흔 남짓 살다간 주은이 남긴 유품이라기에는 너무 초라한 게 아닌가 싶었다.

"옷가지랑 다른 생활용품은 버리라고 하셔서……."

여자가 고개를 들었다. 몸이 불편한 그녀의 아버지로서도 그렇게 처분하는 것이 편했을 것이다. 아버지가 죽은 딸의 유품을 태우는 광경은 상상하기 싫었다. 진우가 상자를 받아 들었다.

상자를 넘긴 여자는 책상 위의 서류철을 뒤지더니, 검은 표지에 철끈으로 매어진 장부를 꺼냈다.

"사정이 그렇긴 한데……."

여자는 장부의 한 페이지를 펼쳐 석기에게 내밀었다.

"뭡니까, 이게?"

그녀는 주은이 그곳에서 네 달여 동안 이용한 식사 비용을 보여 주었다.

"문학관에서 지원되는 식비가 월 이십오만 원이라서, 초과된 비용은 결산을 해 주셔야 해요."

석기는 지갑을 열었다. 반함(飯含)이라고 하던가. 염을 할 때 죽은 자의 입에 쌀을 물리는 일은 들었어도, 사자의 밥값을 요구하는 건 처음 접하는 일이었다. 그녀로서도 자신의 책임을 다하려는 것일 테지만, 마음이 불편해지는 건 어쩔 수 없었다. 석기는 가지고 있던 지폐를 모두 꺼내 그녀에게 내밀었다. 그 정도면 밥값은 될 듯싶었다. 여자는 무뚝뚝한 표정으로 돈을 세어 선반 위 간이 금고에 넣었다.

차 뒷좌석에 주은의 소지품 박스를 넣어 두고, 진우는 차에 몸을 기대어 서서 다시 담배를 꺼내 물었다. 사람 한 명 보이지 않는 문학관이 으스스해 보였다.

"네가 가져갈래?"

진우가 담배 연기를 내뿜으며 말했다. 석기는 조금 전의 상황을 생각하며 말없이 담배 연기만 삼키고 있었다.

"나는 볼 자신이 없어서."

진우가 말을 이었다. 진우는 감성적인 친구였다. 쉽게 마음을 내어 주고, 거두지 못해 힘들어하는 타입이라서 남자답지 못하다는 말을 자주 듣는 성격이지만, 그래서 예술적인 감각이 남달랐는지 모른다는 생각이 들었다. 예전부터도 진우는 누군가로부터의 충고나 화풀이에 애를 태우곤 했는데 나중에 그런 일을 곱씹으며 오래도록 가슴에 담아 두는 성격이라 그를 자주 달래 주곤 했었다. 하지만, 다정하고 착한 이미지는 주은과 비슷하게 닮은 구석이 있었다. 진우는 주은을 어떻게 생각하고 있을지, 잠깐 궁금증이 일었다. 만일의 가정이지만, 그가 친구 이상으로 주은을 좋아했더라도, 그는 고백조차 못 했겠지 싶었다. 한때는 진우의 성격을 가지고 놀려 댔었지만, 석기는 그의 순수한 감성이 부러웠다. 진우는 그래서 주변에 적이 없었다. 그가 화를 내는 일 또한 석기는 여태껏 본 적이 없었다. 진우는 그때처럼 순수한 사람으로 남아 있는 것처럼 보였다.

  진우가 뭔가 생각난 듯, 차 문을 열고 박스에서 노트북 컴퓨터를 꺼냈다. 전원을 찾아 버튼을 눌렀고 한참 만에 부팅이 되었지만, 컴퓨터엔 암호가 걸려 있었다.

"암호를 모르니 이건 어차피 무용지물이겠는데? 어떡하지?"

  어쩌면 주은의 인생, 그러니까 그녀의 자전적 소설이 들어 있을지도 몰랐다. 진우는 노트북을 내려놓고, 두 권의 필기 노트를 꺼내 들었다. 깨알 같은 글씨로 메모가 가득했다. 책의 글귀나 두세 줄의 문장들이 맥락 없이 나열되어 있었다. 일기 같기도 하고 즉흥적인 사색을 적은 걸로 보이는 글귀도 있었다.

"이걸 어떻게 해야 할까?"

"글쎄."

석기는 진우가 내려놓았던 노트북을 집어 들었다.

"주은이 남긴 게 많지도 않은데……."

진우가 주은의 노트를 마치 죽은 주은처럼 어루만졌다.

"일기 같은 거면, 우리가 보지 말아야 하지 않을까?"

진우의 말에 석기는 고개를 끄덕였다.

"그럼 태워?"

진우는 필기 노트를 들어 석기에게 내밀었다.

"그게 예의인 것 같기도 하고…… 잘 모르겠어. 네가 알아서 해, 태우든지. 네가 주은이랑 더 친했잖아."

"노트북은 내가 어떻게 한 번 해 볼까? 암호 풀어 주는 곳도 찾아보면 있을 거야. 아니면, 국과수에 아는 사람도 있으니까."

사회부 캡이니까 그만한 부탁을 할 수 있는 사람을 수소문할 수도 있었다.

"그럴래? 혹시 암호를 풀면, 그래서 거기에 주은의 소설이 있으면, 아까 말한 대로 석기 네가 꼭 좀 주은이 소설책을 내 줘. 요즘은 자비 출판도 한다니까, 나도 좀 보탤게."

"알겠어, 일단 암호 먼저 풀어 보고."

"석기야, 난 그렇게라도 해야 주은이에게 덜 미안할 것 같아."

진우가 나이답지 않은 해맑은 표정으로, 눈을 동그랗게 뜨고 말했다.

누구든 그 얼굴을 보고 거절할 수가 없을 듯했다. 석기는 꼭 그렇게 하겠다고 대답했다.

죽어서 무언가를 남긴다는 것, 무언가를 남기고 죽는다는 것이, 그런 일들이 주은의 삶을 정당화하지 않을까. 진우가 했던 말들처럼 석기도 그런 생각을 전혀 하지 않은 건 아니었다.

'당신의 삶이 허무한 삶은 아니었노라고, 그래도 가치 있는 삶을 살다 갔다고.' 할 수 있다면, 죽은 주은에게 그렇게 말해주고 싶었다.

주은의 소설은 허구를 쓴 것이겠지만, 그 모든 일이 다 허구일 뿐이라고 말할 순 없을 것이다. 그런 생각을 하니, 두려운 생각도 들었다. 주은은 허구를, 석기는 사실을, 진실을 쓰는 사람이다. 그 차이는 크고도 분명하다. 하지만, 한편으론 기사 속의 사실보다 주은의 자전적인 허구가 더 진실에 근접하지 않을까, 하는 생각이 무겁게 다가왔다.

'주은이 무슨 이야기를 남겼을까. 그런데 정말 남긴 이야기가 있긴 할까?'

"그럼 이건 내가 태울게. 아무래도 그러는 게 좋을 거 같아."

진우가 주은의 필기 노트를 챙겨 들었다. 석기는 주은의 낡은 노트북을 집어 가방에 넣었다.

3
SCHEMA

주은, 아영, 형석, 진우, 그리고 석기. 다섯은 고등학교 동아리를 만들었던 멤버들이다. 결국, 이들이 첫 기수이자 마지막 기수가 되었지만. 매일 만났고 항상 어울려 다녀, 독수리 오 형제라는 별명이 붙기도 했다. 그 친구들이 다 뿔뿔이 흩어졌다. 그나마 진우하고만 간간히 연락되고 있는 형편이었다. 그와 가끔 통화가 되면 진우는 다른 친구들을 통해 들은 친구들의 근황을 소문처럼 전해 주곤 했다.

주은은 호리호리한 체격에 다부지고 항상 밝은 표정이었다. 마흔. 석기와 같은 나이였다. 자신은 아직 죽음을 생각한 적이 없었다. 그가 느끼기에, 마흔은 죽기엔 한창 젊은 나이처럼 느껴졌다. 주은을 앞으로 영원히 볼 수 없다는 생각에 가슴이 먹먹했다. 자주 봐 왔던 사이도 아니면서도 그랬다.

장례식장은 신문사와 그리 멀지 않은 곳에 있었다. 이렇게 가까운 곳에 죽음이 있다는 사실이 낯설게 와 닿았다. 고등학교를 졸업하고 팔 년, 구 년쯤 됐을까. 주은을 마지막으로 본 것도 그즈음일 것이다. 주은의 얼굴이 떠오르지 않았다. 눈에 쌍꺼풀이 있었던 것도 같고 머리가 짧았던 느낌도 있으나 확신할 순 없었다. 한때는 매일 보던 친구들을 오랫동안 잊고 살았다. 석기는 그동안 열심히는 살았다고 생각했으나 자신이 뭘 하며 살았는지 구체적으로 기억나는 건 하나도 없었다. 오늘에서야 죽고 나면 그만인데, 하는 생각이 들었다. 지금의 시간이 석기는 낯설게 느껴졌다. 주은이 누리지 못한 시간을 자신만 누리고 있다는 죄책감 같은 것이 그를 계속 불편하게 만들었다.

"석기야! 여기."

장례식장 앞에 진우가 보였다. 실용음악과를 나와 작곡과 연주, 요즘은 음향 편집까지 바쁘게 생활하는 그였다. 일하다 바로 온 것처럼, 진우는 어깨에 가방을 멘 청바지

차림이었다. 음악을 하는 예술가라지만 장례식장에 어울리는 옷차림은 아니었다. 그가 하는 일이 생계인지, 예술인지도 석기로서는 구별하기 어려웠다. 석기는 신문사의 당직실에 걸려 있던 재킷과 검은 넥타이를 걸치고 왔다. 취재를 대비한 비상용이었지만 어쨌든 그나마 격식이라도 갖출 수 있어 다행이라고 생각했다.

"야, 한 대만 피우고 들어가자."

진우가 긴장한 얼굴로 담배를 찾았다. 두려운 낯빛이, 아마도 주은을 마주하기 주저하는 눈치였다. 석기는 진우의 팔을 붙들고 건물 뒤편으로 향했다. 어깨에 멘 가방을 바닥에 내려놓고, 진우는 담배를 꺼내 물었다. 석기도 그를 따라 호주머니를 뒤지다 재킷을 바꿔 입고 온 걸 깨달았다. 진우가 말없이 담배를 내밀었다.

"너, 생각나니?"

석기는 담뱃불을 붙이고 있을 때 진우가 물었다. 그리고 한숨 쉬듯 길게 담배를 연기를 뿜어냈다. 석기의 입 안은 모래를 머금은 것처럼 텁텁했다.

"후-우, 뭐가?"

진우에게 되물었다.

"그날."

진우가 답했다.

 그날. 그런 날이 있었다. 몽롱해진 머릿속에 어렴풋한 기억들이 하나둘씩 되살아났다. 온 나라가 광우병 공포로 떨고 있을 때였다. 석기의 친구들은 서울 또는 수도권 소재의 대학에 합격했고, 어지러운 시절에 대학 생활을 시작했다. 대학 입시에 떨어진 건 다섯 친구 중에서 석기가 유일했다. 석기는 재수를 결정하고 단과 학원과 독서실을 전전하며 숨 막히는 수험 생활을 다시 시작했다. 친구들은 그런 석기를 위로하기 위해 두어 달에 한 번 대입 재수 학원 앞 호프집에 모였다. 각기 다른 학교에 다니는 친구들이 석기를 위해 모인다는 것이 당시의 석기로서는 참 고마운 일이었다. 그들은 그들 나름대로 고등학교 친구들 간의 친목 모임 정도로 여기는 것 같았다. 형석은 의대에 진학했고, 아영은 법대, 진우는 실용음악과를, 그리고 주은은 국문과의 신입생이 되었다. 개학하고 봄이 되자 친구들의 옷차림이 화려해졌다. 만나면 석기의 칙칙한 모습과 극명하게 대조를 이루어 더 화려해 보였는지도 몰랐다. 그래도 고마운 것이, 친구들은 술을 마시면서도 서로 짠 것처럼 대학 생활에 대한 이야기를 잘 꺼내지 않았다. 주로 고등학생 시절의 추억들을 대화의 화두로 삼아 추억을 얘기하곤 했는데, 간혹 과 MT나 핫한 클럽에서의 즉석 만남을 화두로 올린 친구에게 면박을 주는 분위기였다. 석기도 친구들이 자신을 배려하는 것을 눈치채고 있었다. 다들 그렇게 어른이 되어 가는 것 같았다.

여대생이 된 주은과 아영의 변화가 제일 크게 눈에 띄었다. 한 학기가 끝나갈 때쯤, 둘은 어색한 화장을 시작했고, 날이 더워지면서 주은은 몸매가 드러나는 스키니진을, 아영은 미니스커트를 입기 시작했다. 선머슴 같던 주은이 여성스러워졌고, 수수하기만 했던 아영은 눈에 띄게 화려해지기 시작했다. 시간이 지나며 어색한 화장은 자연스러운 변장으로 바뀌어 갔다. 그 즈음, 주은과 형석이 사귄다는 소리가 들렸다. 석기를 비롯한 남자애들은 털털한 성격의 주은과 허물없이 지냈기에 조금씩 서운한 감정을 품고 있었다. 모두의 친구였다가, 이제 한 사람의 연인이 된 것이니, 그럴 만도 했다. 그래도 주은의 노력으로 여전히 독수리 오 형제는 친구 관계를 유지했고, 그 속에서 커플의 탄생을 축하해 주는 분위기였다. 진우는 주은과 아영 사이를 오가다, 그 일을 계기로 다시 아영에게 대시하는 분위기였지만, 성격 자체가 수줍은 진우의 마음을 누구도 알아주지 않았다. 그리고 재수생인 석기는 그런 일들에 일일이 신경 쓸 여력이 없었다.

불볕 같은 더위가 절정인 날들이 지나갔다. 아침, 저녁으로 찬바람이 불기 시작하고, 수능을 백 일 하고 며칠을 더 남긴 날이었다. 그날도 친구들은 호프집에서 모였는데, 평소와 다른 분위기가 감지되었다. 석기는 나름으로 열심히 공부를 하고 있었고, 백 일 정도면 그 고생이 끝난다는 생각에, 그리고 이번에는 삼수 따위는 하지 않으리라 다짐하며 홀로 들떠 있었다. 그날따라 형석과 아영은 늦었고, 주은은 처음부터 주야장천 술을 들이켰다. 별말은 없었지만, 아무래도 주은의 기분이 심상치가 않은 분위기였다.

"무슨 일 있어?"

자연스레 이목이 위로받아야 할 석기가 아닌, 주은에게 향했다. 주은이 평소 술을 잘 마시기는 했지만, 이번엔 분명 무언가로부터 망가지기 위해, 일부러 마시는 느낌이었다. 주은은 삼천 씨씨 피처를 혼자서 거의 다 마셨고, 새로 주문한 피처를 받아 힘겹게 잔을 채우고 있었다. 생맥주가 가득 담긴 잔이 무거워 보였다. 진우가 주은의 눈치를 보며 그녀가 들고 있는 피처에 손을 뻗었다.

"놔, 이쒸."

주은이 생맥주가 가득 담긴 잔을 뺏기지 않으려 움켜쥐는 바람에 술이 탁자에 쏟아졌다. 주은은 표독스럽다는 말이 어울릴 만한 살벌한 눈빛으로 진우를 노려봤다.

"왜 그래? 따라 줄게. 무섭게 왜 그래, 진짜."

입을 삐죽 내밀며 술을 따르는 진우를, 주은이 쉬지 않고 노려봤다.

"좋냐? 아, 씨발 좋냐고?"

주은은 이미 취한 상태였다. 만난 지 삼십 분도 넘지 않은 시간에 주은의 혀가 완전히 꼬여 있었다. 형석과 아영은 아직 오기도 전이었다. 그날 주은은 빨강 립스틱을 바르고 있었는데, 헝클어진 긴 생머리 두어 가닥이 번진 립스틱에 들러붙어 있었다. 주은의 모습은 나락으로 떨어지고 있는 것처럼 위태로워 보였다. 눈꺼풀이 무거운 듯, 힘들게 눈을 치켜뜬 주은이 석기를 노려봤다.

"나쁜 새끼들."

석기는 뜨끔했고 당황스러웠다.

"야, 좀 심한 거 아냐? 나, 백 일이라고, 진짜."

진우는 석기를 말렸다가 주은 말리기를 반복했다. 주은은 유독 진우의 손이 몸에 닿을 때마다, 격렬하게 그 손을 쳐 내며 진우를 노려보곤 했다.

"심해? 아 그러셔? 우쭈쭈, 어린 것이……."

비아냥거리던 주은이 갑작스럽게 울기 시작했다. 그냥 흐느낌 정도가 아니라 대성통곡하듯이 큰 소리가 나는 울음이었다. 호프집에 있는 모든 사람들의 이목을 집중시키기에 충분할 정도로 충분히 소란스러웠다. 그들이 보기에 남자 둘이 여자 하나를 울리는 상황이었을 것이다.

"아, 미안. 잘못했어. 제발 좀 그만해라. 응? 야, 주은아!"

석기도 진우도 주은 앞에 매달렸지만, 주은은 한동안 울음을 멈추지 않았다. 사람들도 하나둘씩 그러려니 하며 다시 돌아앉아 술을 마셨고, 주은도 지쳤는지 울음소리가 잦아들기 시작했다. 진우와 석기는 그때까지도 불콰해진 얼굴로 주위를 살피고만 있었다. 몸에 손도 대지 못하게 하고, 무슨 말을 해도 듣지 않았기 때문에 두 사람이 할 수 있는 일이라곤 그렇게 눈치를 보는 것뿐이었다.

울음이 잦아든 주은이 깊게 한숨을 쉬더니, 석기를 똑바로 쳐다보며 말했다.

"치킨 좀 시켜 줘. 삼계탕이 먹고 싶긴 한데, 그건 없을 테고."

석기와 진우는 당황스러운 표정으로 서로를 바라보았다. 아영과 형석을 기다리느라, 안주를 시키지 않은 것도 그때 알게 됐다. 안주도 없이 주은이 이미 피처 하나를 통째로 비우고 있었다.

"어? 어, 그래. 나 연주 알바해서 번 돈 있으니까 먹고 싶은 것 실컷 시켜, 응?"

진우가 대신 대답했다. 주은을 달랠 수만 있다면 뭐든지 사 주겠다는 생각이었는지, 프라이드와 양념 치킨 같은 것을 닥치는 대로 시켰다. 주문을 하고 나자 주은이, 이번엔 갑자기 웃기 시작했다. 통곡하며 울다가 느닷없이 치킨을 먹고 싶다는 것도 그렇지만, 이제는 갑작스런 웃음까지. 석기로서는 웃다가 울 일이지 싶었다.

"이제 좀 괜찮아? 왜 그래? 무슨 일 있어?"

좀 더 누그러진 목소리로 진우가 말하자, 주은의 눈가와 입가가 금방이라도 다시 울듯 움찔거렸다. 석기는 괜한 걸 묻지 말라는 눈짓을 진우에게 보냈다. 다행히 주은은 입가에 미소를 머금었는데, 쥐어 짜낸 듯 힘들어 보이는 미소였다.

"응. 몸보신을 좀 해야 해서. 잘 먹어야 한대, 의사가."

"그래, 술만 먹으면 몸 상하지. 안주 먹으면서 천천히, 그렇게 마시자. 응?"

진우는 주은 앞에 있는 술잔을 옆으로 밀어 놓으며, 일부러 분위기를 띄우려는 어색한 몸짓을 해 보였다. 주은이 갑자기 손에 쥐고 있던 치킨을 내려놓았다. 석기와 진우는 순간 머쓱해졌다. 서로 눈치를 보고 있는데, 주은이 입을 열었다.

"나, 애 지웠어."

주은이 분명 그렇게 말했다. 석기와 진우는 그 말의 뜻을 알아차리는 데 꽤 많은 시간이 걸렸다. 주은의 목소리가 고막에 와 닿고 그 신호가 다시 뇌 세포까지 의미를 전달하는 데, 정말이지 아주 많은 시간이 걸린 느낌이었다. 한참을 멍한 상태였던 석기는 갑자기 몸에 전기가 관통한 느낌이 들었다. 몸 안의 모든 털들이 일어섰다. 호프집도 적막에 휩싸였다. 호프집 벽면에 걸린 스크린에 잠실구장에서 열리는 올스타전 프로야구 경기가 비치고 있었는데 스크린 속의 사람들이 모두 고함을 지르고 있는 것 같았다. 석기의 두뇌가 갑자기 텅 비어 버린 채 멈춰 서 버렸다. 진우 또한 석기와 비슷해 보였다.

"그러니까……."

먼저 입을 연 것은 진우였다. 그는 쉽사리 다음 말을 잇지 못하고 있었다.

"형석이 애, 맞아."

주은이 말을 이었다. 말을 마치자 다시 적막이 이어졌다. 그동안 주문한 치킨이 나왔다. 그리고 다른 기억나지 않는 많은 안주가 나왔다. 주은이 그걸 게걸스럽게 먹기 시작했다. 입 안에 욱여넣는 주은의 얼굴 표정이 우는 건지, 토하려는 건지 구분하기 어려웠다. 그 광경을 적확하게 표현하는 것은 불가능하겠지만, 적어도 필사적으로 보였다. 물어뜯고, 씹어 삼키는 짐승의 모습이었다면, 그래도 과한 표현이 아닐 것 같았다. 석기는 그 모습을 넋을 잃고 바라보았다. 아마도 주은의 허기가 어떤 것에 대한 것일지 생각했던 것 같다. 그 후로 무슨 이야기가 오고 갔는지, 몇 시까지 자리가 계속 되었는지조차 기억에 남지 않았다. 그게 독수리 오 형제가, 아니 다섯이 마지막으로 만난 건 그 전 달이었으므로 친구 셋이 만난 마지막 날이었다.

석기는 그 해 치른 대학 입시에서, 작년과 달리 일차로 지원한 신문방송학과에 합격해 대학 생활을 시작했다. 그 후로도 독수리 오 형제 모임은 없었다.

4
SCHEMA

 "그날이라면, 마지막 만난 그날?" 석기가 되묻자, 진우가 "아니, 형석과 아영이 결혼한 날"이라고 대답했다.
 "그날, 안 갔어, 난."
 석기는 그날 가지 않았다. 석기가 기억하기론 형석은 다른 친구들보다 자신과 더 친했다. 그런데도 형석은 석기에게 아무 말도 하지 않았다. 석기는 그걸 기만으로 여겼다. 주은을 배신한 건 확인했고, 더 나아가 아영을 속이고 결혼한 것이니 그런 형석을 더 이상 친구로 여기지 않으리라 다짐했었다. 석기는 주은에게 자꾸 마음이 쓰였다. 그 마음이 결코 몸 밖으로 나온 적은 없지만, 석기는 자신이 주은을 좋아하고 있는지도 모른다는 생각을 한 적도 있었다. 그 후로 형석이 주은과 사귀는 것을 알았고, 그가 주은과 더 잘 어울린다는 생각에 마음을 바꿨다. 재수생과 의대생이 어디 견줄 수 있는 대상이겠나 싶었다. 자신보다 의사가 될 형석이 주은을 더 행복하게 해 줄 거라는, 유치하기 그지없는 생각도 그 포기에 한몫을 담당했다. 사실은 비교당해서 버려지는 것보다, 그냥 포기하고 혼자인 게 자존심을 지킬 수 있는 유일한 길일 것 같았다. 그런데 주은이 낙태했다는 사실을 알게 된 후, 우습게도 이번엔 석기가 주은을 좋아할 수 없었다. 친구로서는 좋지만 연인 관계로까지는 생각하고 싶지 않았다. 석기 자신도 그런 의미에서는 주은을 버린 것이나 다를 바 없다고 생각했다. 그런 것들이 합쳐져, 형석이 더 미웠다. 상황을 이렇게 만들어 버린 형석을 용서할 수도 없으며, 스스로도 주은의 얼굴을 마주할 수 없게 되어 버렸다. 석기는 그 뒤로 두 명의 친구를, 아니 아영까지 세 명의 친구를 머릿속에서 지우고 살았다. 그렇게 지금껏 진우만이 친구로 남아 있는 것이다.

"그래? 난, 너도 온 줄 알았지. 후우."

진우는 길게 담배 연기를 뿜어내고 있었다.

"그런데? 왜 물어?"

석기가 물었을 때, 진우는 입만 움찔거리고 있었다. 그 모습이 그날 호프집에서 주은이 울음을 겨우 참고 있는 모습을 연상시켰다.

"주은이 거기 왔었어."

진우의 호흡이 고르지 못했고 그는 그걸 숨기려는 듯, 떨리는 손가락 사이에 낀 담배를 길게 빨아들였다.

"셋이 신부 대기실에서 사진을 찍고 있더라고, 웃으면서.

아, 씨발."

진우의 눈에서 무언가가 '데구르르' 굴러 떨어졌다.

"그 새끼는, 진짜."

진우의 목울대가 요동치기 시작했다. 한참 후 마음을 다잡은 듯 침을 한 번 삼키고 그가 입을 열었다.

"산부인과에 데려가서 애를 떼던 순간에도 형석이 그 새끼, 이미 아영과 사귀고 있었다고⋯⋯ 개새끼. 아영인 그런 것도 모르고 그냥 주은과 형석이 좀 만나다 쿨하게 헤어진 걸로만 알고 있었어. 시팔, 우리도 다 아는 걸, 개만 모르더라고⋯⋯."

진우는 눈물을 흘리지 않으려고 고개를 하늘 높이 쳐들었다. 동시에 깊은 담배 연기 두 가닥이 허공으로 내뿜어졌다.

"무슨 사정이 있었겠지, 그 녀석도."

석기는 영혼 없는 목소리로 덤덤하게 말했다. 자신을, 또 다른 석기가 내려다보고 있는 느낌이었다. '그러려니 해야 하는 것이다.' 모든 사건에는 이면이 있는 법이다. 사회부 기자 생활을 십 년 남짓 하면서, 석기가 알게 된 것은 눈에 보이는 사실에만 집중하다 보면 드러나지 않은 힘과 사연을 놓치게 된다는 것이었다.

자조 섞인 웃음이 나왔다. 친구에게까지 객관적인 시각과 잣대를 들이댈 필요가 있을까. 공감 능력은 나이보다 훨씬 더 퇴화되어 버렸다는 느낌이 들었다. 사실, 형석이 나쁜 놈인 건, 석기 자신이 제일 잘 알고 있다. 그저 그때만큼 분노하지 않을 인내심이 생긴 것뿐이다. 그게 연륜인 것 같다고 석기는 생각했다. 워낙 험한 뉴스를 많이 보고 산 탓도 있었다. 이렇게 나이가 들어가는 것이 성장하는 건지, 퇴보하는 건지 석기는 알 수 없었다. 그토록 증오했던 형석이 이전만큼 밉지가 않았다는 사실이 스스로도 낯설었다.

"들어가자."

진우는 고개를 숙인 채, 앞장서 장례식장으로 걸어 들어갔다.

주은의 장례식장은 예상대로 썰렁했다. 주은의 아버지로 보이는 초로의 남자가 문상객들을 받고 있었다. 주은이 외동딸이었다는 사실이 기억났다. 병환 중이라는 주은의 어머니는 보이지 않았다.

영정 사진 속의 주은은 석기 기억 속에서보다 해맑은 인상이었고, 기억 속에서보다 성숙해 보였다. 웃고 있는 주은의 영정 사진에 절을 한 후, 주은의 아버지 앞에 무릎을 꿇고 앉았다.

"주은이 고등학교 친구들입니다, 아버님."

주은의 아버지는 보기에도 몸이 불편한 듯 방구석에 몸을 기대고 힘겹게 앉아 있었다.

"그래, 이런 잘생긴 친구들이 있었구먼, 그래."

아버지의 그 말이 '그런데, 왜 그동안 한 번 찾아와 보지도 않았니? 친군데, 친구가 죽어 가고 있었는데, 그래도 친구니?' 하는 것 같았다.

무언가 할 말을 찾으려 했는데, 떠오르는 말이 없었다. 불쑥 주은의 아버지가 물음을 던졌다.

"자네들, 주은이랑 많이 친했나?"

석기는 진우와 눈을 마주쳤다. 무슨 말을 하시려는 건지, 그 또한 궁금한 눈치였다.

"네에."

진우가 대답했다.

"그럼 늙은이 부탁하나 들어주겠나? 내 다리가 이래서 말이야."

주은의 아버지는 거동이 불편한 다리를 주무르며 진우와 석기에게 주은의 작업실에 남은 짐을 정리해 달라고 부탁했다. 아무래도 그쪽에서 독촉을 받고 있는 눈치였다. 석기와 진우는 선뜻 그러겠다고 대답했다. 그래야 마음의 짐을 조금이라도 덜어 낼 수 있을 것 같은 기분 때문이었다.

그리고 당연한 이야기지만, 형석과 아영은 끝까지 장례식장에 오지 않았다.

5
SCHEMA

그 일이 있고 난 뒤, 주은이 사라졌다. 소리 소문도 없이 다니던 대학을 휴학했던 터라, 진우를 비롯한 친구 누구도 그녀의 행방을 알지 못했다. 석기도 입학 후 한동안 수소문해 보았지만 작정이라도 하고 사라졌는지, 도무지 그녀를 찾을 수가 없었다. 시간이 흘러, 친구의 한 지인으로부터 주은이 지방의 어느 소도시 논술 학원에서 강사를 하고 있다는 소리를 들었으나 이 또한 확실치 않았다. 그로부터 몇 년 뒤엔 지방지 신춘문예에 단편 소설이 당선되었다는 말이 들렸다. 그 뒤로도 지방 신문이나 문예지에 가끔 소설을 발표하거나, 군청이나 구청 관보나 인터넷 신문사에 기사 형식의 르포를 쓰기도 하고 때로는 자서전을 대필하며 지낸다는 소식을 들었는데, 이런 이야기도 '누가 그러더라' 식의 소문에 불과했다.

베스트셀러 소설가는 고사하고 변변한 작품집을 출간조차 하지 못했던 주은은, 그래도 나름대로 생계를 유지하기 위해 끊임없이 활동했던 것 같았다. 또 들리기론 그녀가 장편 소설 여러 편을 출판하려고 준비한다는 이야기도 들렸는데, 실제로 출간이 되어 책이 나온 적은 없었다. 진우는 주은의 그동안의 행적과 생활을 그나마 비교적 세세히 알고 있었다.

석기는 내심, 소설 같은 삶을 산 주은이 자신의 삶과 꼭 닮은 소설을 쓰지 않았을까 하는 생각을 한 적이 있었다. 주은은 삶을 어떻게 견뎌 냈을까. 그가 겪어 낸 걸 소설로 구현하고, 그로 인해 얻은 깨달음에 대해 얘기할지도 모른다고 기대했었다. 주은은 자신의 모습을 스스로 어떻게 그려 냈을까. 자신을 실패자라고 생각했을까.

주은은 학창 시절부터 글을 제법 잘 썼다. 돌이켜 생각해 보니 그런 거지만, 그녀에겐 공감을 불러일으키는 무언가가 있는 것이 분명했다. 고등학교시절 교내 신문에 낸 그녀의 에세이를 읽고 있으면 그녀의 마음을 알 것 같고, 그래서 읽고 난 후엔 더 친근해진 기분이 들었다. 친구들이 기억하는 주은의 이미지가 다정다감한 것도 아마 그 때문일 것이다. 그런 인상 때문에 힘들어한 적도 있었다. 모르는 상대가 함부로 그를 판단하거나 대할 때가 있었는데, 주은은 거기에 대꾸도 하지 않으면서 그 일들을 속으로 삼키며 받아 내곤 했다. 주은은 그런 일들로 조금씩 말이 없어지고, 소심하게 변한 듯도 했지만, 여전히 주은이 하는 말이나 이야기는 사람을 끄는 매력이 있었고, 그의 표현들은 사람을 공명시키는 힘이 있었다. 그런 점에서 주은이 소설가가 되었다는 이야기를 듣고, 석기를 비롯한 모두가 고개를 끄덕일 수 있었다.

그녀의 소설이 왜 한 권도 출간되지 않았을까? 어쩌면 석기는, 주은이 허구라는 소설의 가면을 빌려 형석과 아영의 부도덕함을 까발리는 소설을 써내서 그들에게 복수할지도 모른다고 생각했다. 그랬으면, 정말 그런 일이 일어났다면, 사실 마음이 조금이라도 후련했을지도 모른다. 등단 작가라면 티 나지 않게 그들을 비난할 수 있었을 텐데.

안 쓴 걸까, 아니면 써 놓고도 출간하지 않은 걸까?

한두 해 전, 주은은 시골에서의 모든 걸 정리하고 서울 변두리에 직접 논술 학원을 차렸다. 주은이 시골 생활을 정리한 것으로 미루어 그녀가 은둔 생활을 접고 무언가 새로운 인생을 준비하고 있는 듯 보였다. 하지만 일 년 만에 학원을 정리해 버렸고 다시 소식이 끊긴 후, 반년 전부터 문학관이 무상으로 대여하는 작업실에 입주해 숙식을 해결하며 소설을 쓰고 있었다는 것을 진우를 통해 전해 들었다. 그게 석기가 알게 된 주은의 생전의 삶이었다.

사실을 기반으로 그녀의 삶을 정리하자면, 그러니까 기자의 관점에서 기술하자면, 주은은 시골 소도시에서 생활하던 중 폐암을 진단받고, 치료를 위해 서울로 이사를 왔고 항암 치료를 받으며, 생계를 위해 논술 학원을 꾸려 나가던 중, 암이 전이되고 악화되어 모든 걸 정리하고 문학관의 작업실에 입주했고 거기서 생을 마감했다는 것이다.

한 인간의 삶이 서너 줄로 정리될 만한 게 아닌데……. 이렇게 간략히 정리할 수 있는 스스로가 혐오스러웠다. 주은은 문장 속의 매 단어마다 고통 속에 밤을 보냈을 지도 모른다. 혼자 외로이 다가오는 죽음을 기다렸을 주은의 마음을 헤아려 보았다. 가슴이 먹먹해졌다. 석기로서는 오랜만에 느끼는 슬픔의 감정이었다.

그녀가 문학관에 들어간 심정을 헤아렸다. 요양을 위해, 그러니까 죽음을 기다리기 위해 들어갔을까, 아니면 문학관의 취지대로 정말 일생의 마지막 역작을 남기기 위해서? 그 역작이 혹시, 석기가 아는 누군가를 비난하기 위한 것은 아니었을까.

"그런데 주은인 왜 죽은 걸까?"

문득, 진우가 물었다. 석기는 의아했다. 주은이 죽은 걸 알린 사람이 진우, 그였으니까 말이다.

"뭔 말이야, 네가 지금까지……."

"아니, 진짜 이유 말이야, 진짜 죽은 이유."

석기는 진우의 얼굴을 멍하니 쳐다보았다.

"주은이 자신도 치료를 받지 않으면 더 빨리 죽을 걸 뻔히 알았을 건데……."

진우의 표정을 읽을 수가 없었다.

"그걸 아는 사람이 치료를 일부러 받지 않았다면, 그건 자살일까, 자연사일까?"

의도된 죽음과 의도치 않은 죽음, 그리고 의도와는 상관없는 죽음.

주은은 어떤 죽음을 죽은 것일까? 죽고 싶어 했는지도 모른다. 아니면, 어쩌면 죽이고 싶었는지도 모른다. 그 대상이 어떤 사람이거나, 세상 모두이거나, 아니면 정말 자기 자신이었을지도 모른다.

그런 생각들 사이로, 한 사람의 얼굴이 떠올랐다.

아영.

형석과 잘 살고 있는 아영. 죽은 주은의 얼굴에 자꾸만 아영의 얼굴이 겹쳐졌다. 주은이 안타깝고 애처로운 것도 사실이지만, 석기는 아영 또한 그에 못지않게 불쌍하다는 생각을 마음 한구석에 오래전부터 갖고 있었다.

아영은 형석과 연애를 하며 대학 생활을 마쳤고, 그해 바로 형석과 결혼을 했으며 동시에 사시에 합격해 변호사가 되었다. 누가 봐도 불쌍하다는 말과는 거리가 있어 보이는 아영을 왜, 석기는 불쌍하다고 생각하는 것일까, 왜 그런 생각이 떠오른 것일까. 남들은 갖지 못하는 하나부터 열까지를 모두 가졌는데도, 석기의 눈엔 그게 다 허망해 보였다. 그건 아무래도 그녀가 속고 살아가기 때문일 것이다.

그런 생각이 들었다. 주은은 최소한 자신이 당한 일을, 그런 억울한 상황을 알고 있었다. 그것에 분노하고, 아파하고, 고민할 수도 있었다. 괴로웠을 테지만 화가 나면 화를 낼 수도, 분노할 수도 있었다. 또 그에 따른 어떤 행동도, 비록 나중에 후회하게 될 수도 있지만 할 수 있는 기회가 있었다. 아영은 그럴 수가 없었다. 그게 석기의 이유였다.

자신의 피해 사실을 알지 못한다면, 타인들에 의해 속고 있는 사실을 인지하지 못한다면, 그래서 화낼 기회, 다른 선택이나 행동을 할 기회마저 박탈당한다면, 그게 더 억울한 일이 아닐까, 생각했다. 석기가 보기엔, 그건 일종의 사기이고 기만임이 분명했다.

  형석이 주은과의 일을 숨기고 속인 이유가, 고작 '아영이 그 일을 알면 얼마나 마음이 아프겠냐?'는 것이었다. 그건 선의로 간주되었고, 주은의 낙태 사실을 아영에게 숨긴 선한 이유가 되었다. 그 일을 두고, 모두가 아영을 위한 일이라고 말한다. 거기에 진우도, 석기도, 주은까지도 모두 동참했다. 그때는 그럴듯했고 그게 옳다고 생각했다. 아영을 위한 선의를 가지고 있었으며, 아영 또한 그 일로 행복을 유지할 수 있었으니까. 나름 모두에게 최선이라고 생각했었다. 그런 이유로 모두가 합심해서 그녀를 속였다. 친구들은 하나같이 그게 최선임을 확신하며 거기에 숨은 모순에는 모두들 눈을 감았다.

  지금에 와서 다시 생각하니, 아영은 친구들 모두에게서 유린당한 것이나 다를 바 없었다는 생각이 들었다. 주은이 형석의 아이를 임신했고 낙태했다는 사실을 숨긴 일이 진정 아영을 위하는 일이었을까? 아영의 입장에서 생각해야 했던 것은 아니었을까?

형석이 아영과 결혼 전에 주은과의 관계를, 낙태까지 포함해 사실대로 말하고 용서를 구해야 했던 건 아닐까. 주은이 용서를 해 주면 용서를 받고, 그렇지 않고 헤어지기로 하면 그 결정을 존중했어야 했다. 그게 진실이니까. 실체적 진실, 그게 인간을 자유롭게 하는 거니까 말이다.

그런 행동에 동참했던 석기 자신은 과연 올바른 사람이었던가. 혼란스러웠다. 옳고 그름이 서로 간의 입장에 따라 달라지는 것이라면, 세상에 윤리라는 게 존재하지도 않을 것이다. 옳고 그름은 사람의 일이고, 사람은 환경에 따라 가변하고, 환경의 변화를 정확히 예측하기란 불가능하다.

옳다는 것이 무엇인지, 도대체 확신할 수는 있는 것일까.

"알려 주면, 그러면 아영이 심정은 어떻겠니? 용서를 하든, 헤어지든 많이 힘들 거야, 그걸 알게 되면."

자신이 당한 고통이 더 컸음에도 주은까지 그렇게 얘기하는 바람에 석기 또한 '미필적 고의'로 그 범죄에 동참했지만, 석기는 그날의 판단이 잘못됐다고 지금에서야 다시 생각한다. 속이는 일이 피해자를 위한다는 논리로 합리화되고 정당성을 얻게 되면, 진실은 더 이상 중요하지 않게 된다. 석기는 이런 모순에 대해 애써 눈을 감고 살아왔다. 기자로서 그도 마찬가지였다. 아영을 위한다는 이유로 아영을 속이는 것처럼.

애초에 성립되지 않는 말이다. 판결이나 보도 이후 미칠 사회적 파장을 고려해서…… 따위는 왜곡의 구실이지 정의가 아니다.

명징한 사실에 의리나, 정 때문이라는 이유를 대는 것 또한 무언가 왜곡이 있다는 반증이기도 했다. 진실은 오롯이 남아 있어야 한다. 누군가를 위한다는 이유가 선하긴 하지만, 진실의 문제에 들어오면 그건 더 이상 선하지 않다.

아영에 대한 친구들의 의도는 정말 선한 것이었을까. 선의는 단지, 가면이었을 뿐이었단 생각이 들었다. 죄책감을 덜기 위해 그 가면이 필요했던 게 아니었을까.

6
SCHEMA

은주가 좀 이상한 것 같다는 말을 들었는데 그 말을 한 건, 뜻밖에도 진우였다. 진우는 은주의 대학 선배였으며 같은 대학에 시간 강사로 잠깐이나마 일한 적이 있었다. 당시엔 은주가 결혼하기 전이라, 나중에 그의 남편이 된 종신 교수와도 안면이 있었다. 석기의 부탁을 받고 그의 여동생인 은주를 알게 되었지만, 진우는 시간 강사를 하며 동시에 생업 전선에 뛰어들던 터라 은주에게 큰 도움을 주지 못했었다.

은주의 남편도 아닌, 진우가 은주에 대해 그런 말을 한 것도 의외였지만, 은주의 행동이 이상해졌다는 내용 또한 이해하기 힘들었다. 은주는 어릴 적부터 밝고 명랑하게 자랐다. 고집도 제법 있는 편이지만, 석기가 타이르면 곧잘 고집을 꺾기도 했다. 크게 모나지 않은, 석기가 보기엔 그저 사랑스러운 동생이었다. 그런 동생이 이상한 것 같다는 말을 듣는 것 자체가 석기로서는 이상한 일이었다.

"뭐가 이상한데?"

진우는 결혼 후 집에서 쉬고 있는 은주에게 과외할 학생을 소개시켜 주려 했다고 말했다. 은주가 결혼 초기까지만 해도 음악 학원을 운영했을 만큼 활동적이었으니까, 무료하게 지낼 은주를 걱정한 처사였다. 잘나가는 작곡가이면서 음대 교수인 남편의 배경 때문에 그녀를 과외 교사로 원하는 학생들도 꽤 있었던 모양이었다. 그리고 그동안도

과외 학생들 때문에 은주와 종종 연락을 하고 지냈던 모양이었다.

"통화하는데 얘가 아주 다른 사람 같더라니까. 무슨 일 있었어?"

같은 질문을 진우에게 돌려주고 싶었다. 자신의 동생이 도대체 어떻게 이상하다는 것인지, 석기로서는 도무지 알 수가 없었다.

"통화를 해도 뭘 물어보면, 대답을 못해. 그게 또 가끔 엉뚱한 말을 하는데…… 이걸 뭐라고 표현을 못하겠다, 정말."

석기가 은주를 마지막으로 본 게 지난 추석 때였고, 전화 통화는 언제가 마지막이었는지 기억조차 나지 않았다. 출가한 여동생에게 딱히 용건도 없었으며, 부모님 제사를 지내지 않기로 한 후로는 거의 볼 일이 없었다. 각자 사는 사정이 있으니, 연락이 없는 따위의 일은 대수로이 여길 만한 것도 아니었다.

석기는 은주에게 전화를 걸었다. 통화를 하고 나서야 비로소 진우의 말이 이해되었다. 은주는 힘없는 목소리로 전화를 받았다. 세상사 모든 일이 귀찮은 것처럼, 모든 말끝마다 한숨을 쉬었으며, 하는 말도 그 뜻을 알아차릴 수 없을 정도로 횡설수설이었다. 더 이상 통화가 가능할 것 같지 않았다. 석기는 전화를 끊고 은주의 남편에게 전화를 걸었다. 일단 은주의 근황부터 물어보고 집을 찾아갈 요량이었다. 석기는 평소 그와 통화를 잘 하지 않는 편인데, 일단 호칭부터가 불편했기 때문이었다. 동생의 남편이 자신보다 열두 살이 더 많았기 때문에, 석기는 그를 '김 서방'이라는 부르는 것이 껄끄러웠다. 결혼한 지 수년이 지났음에도 그 껄끄러움은 여전했다.

 은주가 자신 나이의 배가 되는 남자와 결혼하겠다고 했을 때, 석기는 차라리 잘 됐다고 생각했었다. 늦둥이로 태어나 아버지의 사랑을 받지 못한 것이 은주에게 일종의 결핍으로 남아 있을지도 모른다고 생각했었다. 석기는 그 때문에 그녀가 무의식적으로 아빠 같은 사람에게 한눈에 빠져들었을 것이라고 짐작했다.

 열 살 터울인 은주는 석기의 유일한 혈육이었다. 은주가 태어나고 얼마 되지 않아 아버지가 돌아가신 탓에 석기는 열 살 무렵부터 자연스레 가장의 짐을 어머니와 나눠질 수밖에 없었다. 어머니를 여읜 뒤로는 더욱, 늦둥이 여동생이 부담스러울 수밖에 없었다. 그런 상황에 은주는 스물두 살 차이의 지도 교수와 결혼하겠다고 선언을 했다. 석기는 자신보다 한참 나이가 많은 김 서방도 그렇지만, 그런 결정을 한 은주가 당황스러웠다. 그러나 은주는 김 서방과의 결혼에 있어서도 끝까지 무척이나 적극적이고 필사적이었다.

 김 서방은 끝까지 전화를 받지 않았다. 수업을 하거나 작업 중이면 그럴 수도 있을 거라 생각했다. 회사 가까이에 있는 김 서방의 학교를 찾는 편이 빠를 것이라 생각한 석기는 그의 연구실을 찾았다.

 "김 교수님, 오랜만에 뵙습니다. 어떻게 지내십니까?"

 석기는 띠 동갑인 그를 '서방'이란 호칭보다 '교수'라는 직함을 부르는 편이 맘이 편했고, 그래서 결혼 이후로도 줄곧 그렇게 부르고 있었다. 그의 행색이 형편없이 초췌해 보였다. 그의 얼굴엔 흰 수염이 턱을 따라 웃자라 있었다. 예전 같으면 예술가처럼 멋져 보였을 구레나룻이, 그날은 노숙자의 그것과 유사했다. 은주의 가정에 무슨 일이 벌어지고 있는 것이 분명했다. 김 서방의 눈동자가 방향을 잃고 위태롭게 흔들리고 있었다.

 "여동생을 맡기고 있는 입장이지만……."

 입이 좀처럼 떨어지지 않았다. 김 서방도 마찬가지처럼 보였다.

 "뭐라고 말을 해야 할지 모르겠습니다만……."

석기는 튀는 레코드판처럼 계속 버벅거렸다. 김 서방의 침묵은 계속 이어졌다. 석기는 요사이 보고 들은 수많은 사건들이 떠올랐다. '보이스 피싱'부터 '보험 사기', '주식 사기', '부동산 투자 사기' 같은 단어들이 머릿속에 맴돌았다.

"제가 그래도 사회부 기자 짬밥을 좀 먹어서 세상 돌아가는 건 좀 알고 있습니다. 저기, 무슨 일이 있는지 말씀해 주시면……."

김 서방이 서서히 고개를 들었다. 석기를 쳐다보는 그의 눈빛이 텅 비어 보였다. 석기는 그의 눈을 한참 동안 들여다보았다. 김 서방의 동공이 유독 크게 열려 있었.

초점 없이 활짝 열린 동공 속에 심연의 그림자가 비치는 것 같았다. 석기의 뇌리에 한 어떤 장면이 떠올랐다. 동공이 열려 있다는 것은 죽음을, 누군가 또는 무언가의 죽음을 뜻한다는 생각이 스쳤다. 그런 생각을 하면서 김 서방을 다시 보니, 그의 모습이 좀비의 행색과 닮아 보였다.

석기는 김 서방에게 어떤 말도 들을 수 없을 것 같았다. 석기는 또 찾아뵙겠다는 말을 남기고 그의 연구실을 나왔다.

7
SCHEMA

 은주의 상태도 심각하긴 마찬가지였다. 동생의 집에 들어섰을 때, 은주는 앉지도 못하고 거실 바닥에 들러붙은 채 누워 있었다. 석기를 보고서도 몸조차 일으키지도 못했다. 누운 채로 석기 얼굴을 멀뚱멀뚱 바라보는 게 전부였다.

 "어디 아프니? 무슨 일이야? 김 서방은 또 왜 그렇고?"

 석기는 그녀의 옆에 앉으며 물었다. 은주는 나무 인형처럼 감정이 없는 얼굴이었다. 그녀가 서서히 눈을 감았고 조금 지나 누워 있던 은주의 눈에 눈물이 고여 흘러내리기 시작했다. 흐느낌 없이, 숨소리마저도 없이 눈물이 눈가를 따라 조용히 흘러내렸다. 감정 없이 무표정한 눈에서 흐르는 물을 눈물이라 할 수 있을까, 하는 생각을 하고 있었는데, 갑자기 은주가 눈을 번쩍 떴다.

 "…… 사람을 죽였어, 그 사람이……."

 석기는 은주의 이마에 손을 올렸다. 약간의 미열이 느껴졌다. 그녀의 말이 헛소리가 아닌가 싶었다. 열이 나서 헛소리를 하는 거라면, 병원으로 데려가기라도 할 텐데……. 은주의 말을 어떻게 받아들여야 할지 혼란스러웠다. 누가, 누구를 죽였다는 말인지.

석기는 다음 말을 기다리며 은주의 입을 응시했다. 방금 김 서방을 만나고 왔으니, 아마도 그가 죽은 사람은 아닐 것이고, 그렇다면 죽인 사람이 김 서방이란 말인가, 하는 생각이 들었다. 그에 앞서 은주의 말이 제정신으로 하는 소리인지부터, 알 수가 없었다.

"누굴 죽였는데? 누가? 어?"

 석기의 물음에도 은주는 멍한 표정만 짓고 있었다. 은주가 심한 우울증 상태라는 것은, 의사가 아니라도 충분히 추측할 수 있었다. 그녀의 말이 무슨 의미가 있는지, 어디서부터 어디까지 신뢰할 수 있을지 고민스러웠다. 헝클어진 머리, 며칠이나 씻지 않은 것 같은 지저분한 얼굴, 퀭한 눈, 초점 없는 눈빛. 모두가 우울증을 가리키고 있었다.

 사회면의 매일 빠지지 않는 기사 중 하나가 자살 사건이었고, 자살한 사람들은 모두 이런 모습이었다. 오랫동안 방치되었거나, 정신과 치료를 중단한 사람들이었지만, 지금의 은주에게서 그들의 모습이 비쳤다. 그게 은주가 되지 말란 법이 없다. 눈엔 실핏줄들이 터져 새빨갛게 충혈된 눈을 보며, 석기는 기운이 빠졌.

"잠은 좀 잔 거야? 눈은 왜 그래?"

"그이를 죽였어, 그 사람이……."

은주는 같은 말을 반복했다. 정말 은주가 제정신이 아닌 것 같다는 생각이 들었다. 석기는 '그이'란 사람을 가늠할 수 없었다.

"일단 좀 자고, 그런 다음에 천천히 이야기하자, 응?"

 조카 민재를 당분간 가사 도우미에게 맡길 수 있었다. 오랫동안 집안일을 봐 왔던 사람이라, 은주가 괜찮아질 때까지 흔쾌히 조카를 봐 주기로 했다. 석기는 은주를 보살피면 될 듯싶었다. 그런다손 치더라도 문제를 알아야 대책을 세우고 해결을 할 텐데, 김 서방도, 은주도 쉽사리 입을 열지 않았다. 석기는 은주의 식탁에서 찾아낸 수면제와 신경 안정제를 그녀에게 건넸다.

"소용없어, 이미 많이 먹었는데…… 그래도 잠을 잘 수가 없어, 오빠."

 그러면서도 은주는 손에 쥐여 준 알약들을 모두 삼키고 힘겹게 물을 마셨다.

"내가, 그러면 안 되는 걸 아는데, 오빠. 그런데 있잖아, 나 좋아하는 사람이 있었어."

 은주가 과거형으로 말했다. 좋아하는 사람이 좀 전에 말한 '그이'라는 걸, 석기는 그제야 추측할 수 있었다. 석기는 묵묵히 은주의 말을 듣고 있었다. 어쨌든 말을 한다는 것은, 점점 더 많은 말을 한다는 것은 좋은 징조였다.

은주는 그냥 좋아하는 사람이라고만 했다. 과거형으로 말했으므로 이제는 상관없는 사람이란 뜻일 것이다.

석기는 은주에 대해 누구보다 잘 안다. 모든 것이 오해일 것이다. 석기는 그렇게 믿는다. 사실이 어땠든 석기는, 그렇게 믿을 것이다.

"오빠가 좀 더 센 약을 구해다 줄 테니까, 지금은 일단 눈 좀 붙이려고 노력이라도 해 봐, 응?"

8
SCHEMA

김 서방은 연습실로도 쓰이는 개인 작업실에 기거하고 있었다. 학교의 연구실과 작업실 사이를 오가며, 집에는 들어가지 않는 눈치였다. 그는 은주와는 다른 형태의 우울증에 빠져 있었다. 그의 침대 맡에 노란 고무줄이 보였다. 아기들 천 기저귀를 채울 때 쓰는 고무줄이었다. 석기는 어렴풋이 그 용도를 짐작할 수 있었다. 석기의 시선을 의식했는지, 김 서방은 노란 고무줄을 슬며시 주워 호주머니에 집어넣었다.

"은주한테 대충 얘기 들었습니다. 면목 없습니다. 교수님."

은주의 바람이 두 사람의 현재 상태의 원인이라는 것을 충분히 추측할 수가 있었다. 김 서방은 고개를 숙인 채 여전히, 말이 없었다. 방음된 작업실은 소름 끼치도록 적막했다. 김 서방의 호흡 소리가 크고 뚜렷하게 들렸고, 침 삼키는 소리가 작업실에 울려 퍼졌다.

"뭐라던 가요? 은주가?"

큰 성량 탓에 증폭된 저음의 목소리가 석기의 가슴을 철렁하게 했다. 김 서방의 날카로운 시선이 석기를 향했다. 그러나 그의 동공은 여전히 확장되어 있었다.

"자신이 잘못했다고…… 오해가 있었다고……."

"오해요?"

"네, 오해가 좀……."

"여전하네요, 반성하지 않는 건."

김 서방이 미간을 찌푸렸다. 먼 곳을 바라보는 그의 표정엔 강한 분노가 어려 있었다. 석기는 다시금 가슴이 철렁했다.

"아니요, 반성하고 있습니다, 제가 따끔하게 타이를게요, 교수님."

대부분의 외도 문제는 원(原)가족, 그러니까 결혼 전의 부모와 가족 간의 문제가 반복되어 온 것이다. 아버지의 사랑을 받지 못하고 자란 은주가 마음에 걸렸다. 은주가 그런 생각을 할 수 있다는 생각을 석기는 미리 했어야 했다. 그런 가족 상황이 지금의 은주에게 영향을 끼치고 있는 것이란 생각에, 자신이라도 혼을 내서, 더 자주 매를 들어서라도 은주의 마음을 잡게 했어야 했다는 후회가 일었다. 아빠 대신이었던 석기도 그 책임으로부터 자유로울 순 없다는 생각이 들었다. 석기는 동생 부부를 위해, 할 수 있는 무언가를 찾아야 한다는 부채감이 들었다. 어떻게 해서라도 이 상황을 바로잡아야 하는 것은 석기, 자신의 책임이고 의무라고 생각했다.

김 서방이 자리에서 일어나 냉장고 문을 열고 맥주 캔을 꺼냈다. 그는 목이 탄 듯 한입에 캔 하나를 통째로 들이켰다. 석기는 그의 출렁이는 목울대를 말없이 바라보았다. 그가 마음속으로도 무언가를 한없이 집어삼키고 있겠구나, 하는 생각이 들었다. 그게 울음일 수도, 슬픔일 수도, 분노나 배신의 감정일 수도 있을 것이다. 남자로서, 석기는 그에게 연민과 수치가 느껴졌다.

김 서방은 다 마신 캔을 한 손으로 찌그러트리고 휴지통에 던져 넣었다. 휴지통이 캔과 부딪쳐 옆으로 넘어지며, 안에 있는 내용물들이 바닥에 쏟아졌다. 김 서방이 냉장고 안에서 다른 캔 맥주를 하나 더 꺼내다가 그 모습을 뒤늦게 발견했다. 바닥에는 가느다란 주사기와 약병들이 휴지 조각과 함께 나뒹굴고 있었다. 석기는 쓰레기를 휴지통에 다시 담기 위해 허리를 숙였고 그중에 약병 하나를 집어 들었다.

"그냥 두세요, 저기, 이거나 하나 드세요, 자!"

김 서방이 캔을 건네고 석기에게서 약병을 빼앗았다.

석기가 본 약병에는 인슐린이라고 쓰여 있었다. 김 서방이 당뇨가 있다는 사실을, 석기는 미처 알지 못했다. 좀 전에 봤던, 그래서 걱정을 했던 노란 고무줄과 주삿바늘이 당뇨병 때문인지 모른다는 생각이 들었다. 오히려 다행이라는 생각이 들었다.

사실 석기는 다른 의심을 하고 있었다. 김 서방의 확장된 동공. 석기는 마약 중독자들의 눈을 본 적이 있다. 형사들이 마약 범죄자들을 그들의 눈을 보고 잡는다거나, 그들이 하나같이 진한 선글라스로 눈을 가리고 다니는 이유도 다 그 때문이다. 확장된 동공, 기자인 그가 그걸 놓칠 리 없다. 하지만 믿고 싶지는 않았다.

굳이 동공이 확장된 이유를 찾는다면, 김 교수가 마약에 손댔을 것이란 추측을 제외하고도 많은 다른 이유가 있다. 당뇨를 치료 중인 상태와도 관련이 있을 수 있고 하다못해 멀미약처럼 동공을 확대시키는 약물 부작용도 있을 수 있다. 하물며, 그런 반응이 나타나는 신경 안정제 같은 약물을 복용할 수도 있는 일이다. 아내의 외도를 경험한 남편이라면, 의사가 그런 약물을 충분히 처방했을 수 있는 일이다. 석기는 그럼에도 여전히 마음 한 구석에 찜찜함이 남아 있었다. 그 약병이 인슐린이라면, 어쨌든 다행이라고 석기는 가슴을 쓸어내렸다. 당뇨는 그나마 치료할 수 있는 병이니까 말이다.

동생네 가정의 안위를 위태롭게 만드는 일만 아니라면, 석기는 그게 뭐라도 괜찮지 싶었다. 이건 일시적인 고비일 뿐이라고, 석기는 은주가 어떻게라도 이 고비를 넘겨야 한다고 생각했다. 자신이 반드시 그렇게 만들겠다고.

9
SCHEMA

 은주가 말한 '그이'를 수소문했는데, 그는 교통사고로 대학 병원 중환자실에 한 달여간 입원했었고, 그 후로 여러 병원을 거쳐 현재는 변두리의 한 요양 병원에서 치료받고 있었다. 은주의 말대로 죽거나 죽인 것은 아니었다. 석기가 알아본 바로는 김 서방은 그런 일들과 무관했다. 은주가 망상에 빠져 착각과 혼돈을 겪고 있는 것이 분명해 보였다. 은주의 과도한 죄책감이 그런 망상의 원인일 것이라는 생각이 들었다. 외도에 빠진 '그이'라는 사람이 교통사고로 의식 불명의 상태에 빠진 것이 망상을 악화시켰을 것이다. 남자의 현재 상태를 오해하고 있었던 것으로 미루어, 은주는 사고 이후 남자와 단절된 채 지냈던 모양이다. 그런 상황에서 남자가 자신 때문에 남편에게 죽임을 당했다는 허황된 망상이 심해졌고, 그 망상이 우울증으로 이어진 게 아닐까 싶었다.

 석기는 은주에게 사실을 말하고 잘 알아듣도록 타일렀다. 하나밖에 없는 동생에게 생긴 이 불행한 일을 석기는 아직 수습할 기회가 있다고 생각했다.

 "은주야, 네가 말하던 그 사람. 죽지 않았어."

그 말을 듣는 은주의 눈에 처음으로 생기가 돌았다. 그런 반응으로 미루어, '그이'와의 관계가 얼마나 깊었는지 어렴풋이 짐작됐다. 김 서방이 알게 될 만큼 은주의 표정과 행동에 확연히 티가 났을 것이다. 은주는 그만큼 순수하고 꾸밈없는 아이니까.

"어떻게 알아? 오빠가? 아니 그보다, 지금 어디 있어? 그 사람?"

며칠 전의 느릿한 말투와는 확연히 달라진 반응이었다.

"알지. 근데, 어디 있는지 알면? 알면 어떡할 건데?"

은주는 불안한 듯 고개를 숙인 채, 말을 하지 못했다.

"그 사람, 교통사고야, 단순 교통사고. 음주나 졸음운전을 한 것 같아. 경찰서에도 다 알아봤어."

"그 사람, 다치기 전에 그이를 만났어. 분명 뭔가 있어."

이번엔 '그 사람'이 은주의 연인이고 '그이'가 남편을 뜻하는 것 같았다.

"너는 수년을 같이 산 남편보다, 몇 달을 만난 애인을 믿는 거니? 은주야, 정신 좀 차려, 인마."

"아니야, 그 사람 민재 아빠하고 만난 직후에 바로 나한테 전화를 했었어. 가만두지 않겠다고, 그러다가 그 사람이 사고를 당한 거니까, 민재 아빠한테. 오빠, 좀 도와줘,

응? 나 그 사람이 무서워."

망상에다가 의부증까지 있는 건가 싶었다. 아니면 진짜 백치던가. 답답함에 화가 치밀었다.

"이게 아직도 정신을 못 차려!"

석기도 모르게 손이 올라갔다. 은주는 석기의 행동에 반사적으로 움찔거리며 움츠러들었다. 예전의 그 모습, 그대로였다. 그러나 다 성장한, 그래서 아이의 엄마가 된 동생에게 다시 매를 들 수는 없는 일이다. 늦둥이로 태어나 말썽 많던 어린 시절에는 그렇게 해서라도 정신을 차리게 했었다. 아버지를 대신해서 잠시나마 은주에게 매를 들었던 일은, 그 당시에는 석기의 몫이었기 때문이다. 어머니는 일찍 돌아가신 아버지를 대신해 가족의 생계를 유지하기 위해 바빴고, 석기는 어린 동생의 부모이자 실질적인 보호자 노릇을 해야 했다. 여동생을 가르치고 키워야 하는 건 석기의 몫이라고 어머니 스스로도 말씀하셨다. 어머니도 석기가 해낸 일들을 자랑스러워했다.

"일단 알겠어. 생각을 좀 해 보자. 김 서방이 너 바람피운 거, 너랑 바람피운 사람까지 다 알고 있었다는 거지, 네 말은?"

은주는 말없이 고개를 끄덕였다. 예전의 코흘리개 말썽

꾸러기의 모습이 떠올랐다.

"그런데, 너는 네 서방 걱정은 정말 안 하는 거냐? 자식 딸린 여자가 바람을 폈으면, 피해자는 네가 아니라 김 서방이라고, 아니야?"

은주는 고개를 깊숙이 숙이고 슬픔을 연기하는 것 같았다. 과연 외도가 은주의 한 순간의 실수일까, 하는 생각이 들었다. 그녀에게 속고 있는 것은 아닐까, 불쌍한 척 상황을 모면하려는 능청스러운 표정에 속아 왔던 것은 아닐까.

"김 서방 건강이나 신경 써. 당뇨는 언제부터 앓은 거야? 그 병은 특히나 먹을거리에 더 신경 써야 하잖아? 어?"

은주가 놀란 듯 고개를 번쩍 들었다.

"민재 아빠는, 당뇨병이 없는데, 오빠, 그건, 그건 있잖아……."

은주는 더 이상 말을 하지 못했다.

"뭐야? 남편 병도 모르고 있던 거야? 네가 진짜 미쳤구나? 집구석에서 뭐 하고 있었던 거야, 이게 진짜!"

석기는 기어이 은주의 뺨을 후려치고 말았다. 석기는 예전처럼 이성을 잃었다.

석기는 김 서방에 대해, 또는 은주에 대해 아무것도 할 수 없었다. 그대로, 이대로 시간이 지나면 모든 것이 지금보다 더 흐릿해지는 시기가 오리라 생각했다. 석기가 겪은 세상의 문제들은 결코 해결되어 끝나는 종류의 일들이 아니었다. 대부분 해결되기보다 잊힌다. 그렇게 머릿속에서 사라지고 결국엔 존재하지 않은 일이 된다. 거기에 필요한 건 오직 시간뿐인 것이다.

버티고 기다리는 일, 그 길 밖에 없다. 세상도 사람도 그렇게 치유되어 간다. 더디지만, 시간은 석기가 바라던 대로 흘러갔고 모든 일이 그렇게 기억 속에 묻히는 듯싶었다.

10
SCHEMA

아영을 다시 만났다. 이십여 년 만이었다. 석기의 기억에 남아 있는 마지막 모습보다 그녀는 더 멋져 보였다. 변호사라는 그녀의 직업 때문일까 싶었다. 대학 신입생 시절 이후로 그녀를 만난 적이 없었다는 사실이 떠올랐다. 그만큼의 시간이 지났다면 변하지 않은 것이 이상한 거라는 생각이 들었다. 예전의 자신감 넘치던 아영의 모습을 다시 볼 수 있어서, 석기는 반갑고, 또 신기했다.

"여, 송아영 자문 변호사님, 이렇게 만나 뵙게 돼서 영광입니다."

석기는 투피스 정장 차림의 아영에게 악수를 청했다.

"오랜만이야, 석기야. 나도 네가 여기 근무하는 줄 몰랐어. 알았으면, 자문 맡을 때 먼저 연락했을 텐데."

그녀의 가녀린 손이 부드럽고 차가웠다.

"자문 맡기 시작한 지도 얼마 안 됐잖아. 괜찮아, 뭐 나도 그동안 연락 안 하고 살았는데. 그나저나 넌 아직도 아가씨 같은데, 탱탱한 게 하나도 안 늙었어. 야! 자, 여기 앉아."

아영은 석기가 내민 의자에 앉자마자 다리를 꼬았다. 그녀의 스커트가 당겨 올라갔다.

"김석기 선임 기자님, 방금 그 말씀은 성희롱에 해당하는 거, 알고 계시지요?"

아영이 무뚝뚝한 목소리로 톤을 바꿔 이야기했다. 석기는 갑자기 등골이 오싹한 느낌이 들었다.

"아냐, 그거는…… 그냥 젊어 보인다고 인사말 한 거잖아. 왜 그래?"

아영의 굳은 얼굴은 여전히 그대로였다.

"그래도 다음엔 조심해. 친구니까 이번은 넘어갈게."

"그래, 알았어, 조심할게."

석기는 자존심이 상했다. 석기도 남들에게, 특히 여자들에게 그런 종류의 말을 잘 하지 않는다. 석기의 관점에서는 나름 친한 척하려고 했던 인사였지만, 아영의 관점에서 본다면 그녀가 석기를 그 정도로 친하게 생각하지 않을 수도 있겠다는 생각이 들었다. 석기는 이런 상황이 거북스러웠다.

"무슨 일 때문에 자문 상담을 신청했을까요? 선임 기자님?"

난처한 생각이 들었다. 오랜만에 조우한 친구와 이렇게 처음부터 다투며 지내고 싶지 않았다.

"아까는 잘못했는데…… 그래, 내가 다시 사과할게요, 변호사님. 근데 진짜 계속 이렇게 얘기할 거야?"

한숨이 나왔다.

"친구니까, 편하게 하자고? 그래, 그럼. 나도 쿨한 편이니까, 뭐 계속 얼굴 보고 지낼 처지인 것 같은데."

아영다웠다. 그제야 까칠하게 밀당을 즐기던 아영을 제대로 다시 만난 기분이었다.

"그러니까, 자문이 필요한 내용이 뭐야?"

웃으며 말하는 아영의 얼굴을 보자니, 좀 전의 까칠함이 의도적인 게 아니었나, 하는 생각도 들었다. 능구렁이 같은 아영도 예전부터 그녀의 전매특허라 할 만했다.

"뻔하지, 뭐. 기자한테 뭐가 더 있겠어."

석기는 한숨을 삼키며 대답했다.

"출판물에 의한 명예훼손?"

아영이 뜸들이지 않고 바로 넘겨짚었다.

"그래. 여기, 우리 수습이 쓴 기사야."

아영에게 문제의 기사 출력물을 건넸다. 아영이 석기가 건넨 기사를 펼치고 소리 내어 읽기 시작했다.

"자신의 불륜 사실을 직장에 알린 지인에게 수십 차례 협박성 문자 메시지를 보낸 사십 대가 '정보통신망 이용촉진 및 정보보호 등에 관한 법률' 위반으로 입건됐다……. 이게 뭐 어때서? 별문제 없어 보이는데?"

"그래, 나도 알지, 사실적시에 대한 명예훼손. '형법' 제310조는 제307조 제1항에 규정된 사실 적시 명예훼손의 경우 '진실한 사실'로서 오로지 '공공의 이익'에 관한 때에는 처벌하지 않는다."

"근데, 그래서 뭐가 문제냐니까?"

아영이 다시 한번 물었다.

"불륜을 알린 사람을 명예훼손으로 고소하면서, 우리한테도 허위사실 적시에 의한 명예훼손을 걸었어. 본인은 불륜이 아니라는 거지."

"그럼 불륜이 아니야?"

"그게, 명확하게 아니라고도 할 수 없고…… 좀 애매해."

"기자잖아, 사실 관계만 말해 봐."

아영이 다이어리를 펼쳐 메모를 시작했다.

"그러니까 오랫동안 별거 중인 상태였나 봐. 부부간에 구두로 합의 이혼하기로 약속을 했다고 주장하고 있어. 부인이 애들과 해외에 있었는데, 합의 이혼이 시간이 오래 걸리잖아. 애들을 두고 혼자 한국에 들어오기가 어려워서 미루고 있었다고 주장하고 있는 거지. 사건이 있고 난 후 부인이 한국에 들어와 합의 이혼을 신청했고, 현재는 진행 중인 상태야."

"그럼, 지금은 숙려 기간이겠네, 미성년 자녀가 있으니까, 삼 개월?"

"어, 어떻게 그렇게 잘 알아? 이혼 전문 변호사도 아니면서, 역시!"

석기는 엄지를 치켜세웠다. 아영은 별거 아니라는 표정이었다.

"변호사는 변호사니까, 그리고 경험도 있고."

석기는 멈칫했다. 경험이 있다는 대목이 맘에 걸렸다.

아영의 남편이라면 형석을 말하는 것이다. 주은을 낙태까지 시키고 결혼한 친구, 최형석. 아영이 형석과 이혼했다는 건 석기로서는 처음 듣는 이야기였다. 당황스러웠다. 그동안 이들을 보지 않고 살았던 이유가, 그때의 이야기들이 떠올랐다. 아영과 형석은 석기에게 있어 친구라 할 수 있을까? 주은에겐 또 어떨까?

"그래? 형석이랑? 몰랐다, 미안해."

머릿속에 많은 말들이 맴돌았으나, 선불리 꺼낼 수가 없는 말들이었다.

"네가 이혼했니? 뭐가 미안한데?"

아영이 시크하게 대꾸했다.

"두루두루 미안하지."

"시끄럽고, '상당성'이란 게 있는데 말이야. 너희 수습이 그것을 진실이라고 믿을 상당한 이유가 있는 경우에는 위법성이 없다는 판례가 있어. 그 이유만 잘 정리해서 대응하면 될 것 같은데?"

아영이 다이어리를 접으며 대답했다.

"그게, 이 새끼가, 미안, 우리 수습이 그 피의자에게 사실 확인을 안 했었나 봐. 피의자가 지인과 금전 문제로 다투던 중에 그 지인이 앙심을 품고 피의자의 불륜 사실을 소문낸 걸 알게 되었대. 그 사실을 알게 된 피의자가 또 다시 앙심을 품고 지인에게 술김에 협박 문자를 보낸 거고."

"그래, 기사만 보면, 불륜 저지른 놈이 뭐가 잘났다고 사실을 알린 사람을 협박하냐는 생각을 할 거야. 피의자 입장에선 고소당한 것도 억울한데, 그런 기사가 실렸으면 더 억울했겠다."

"게다가 직장이 공기업이라서, 인사 평가에 치명적인 악영향이 있나 봐. 그 사람 입장에선 대응하지 않을 수 없는가 보더라."

"보도의 '진실성'이란 게 또 있는데, 보도 내용 전체의 취지를 살펴볼 때 중요한 부분이 객관적 사실과 합치된다면 세부 사항에서 진실과 약간 차이가 나거나 다소 과장된 표현이 있어도 무방하다는 취지야. 재판을 해 봐야 알겠지만 우리가 더 유리한 위치야. 그래도 모르니까 적당한 금액에 합의하는 게 안전할 것 같은데. 합의가 잘 안 되면 그냥 소송을 진행하고. 피의자 입장에선 억울할지 몰라도, 이 정도라면 큰 문제는 아냐. 당사자에게 사실 확인을 했으면 더 좋았을 테지만 말이야."

"그래, 고마워. 내가 그 자식, 언젠가 한 번 사고 칠 것 같더라. 이만해서 다행이지."

아영은 고개를 끄덕이며 서류 가방을 챙기기 시작했다. 아영이 의자에서 일어섰다.

"아영아?"

아영이 서둘러 자리를 파하려는 것 같았다. 석기는 아영을 붙잡았다.

"왜?"

시선이 그녀의 스커트 자락에 멈췄다.

"시간 있어? 잠깐 이야기할 시간 말이야."

"얘는, 지금까지 한 게 뭐였는데? 아직도 남았어? 할 얘기가?"

"어, 그게, 그냥 오랜만에 만났으니까, 시간 나면 옛날 얘기나 좀 하고 싶어서. 이따 업무 끝나고, 어때?"

아영이 석기의 눈을 똑바로 내려다봤다. 석기는 여전히 그녀의 시선을 받아 내지 못했다.

11
SCHEMA

며칠 뒤 주말에 만난 아영은 캐주얼한 옷차림이었다. 그렇게 입으니 학창 시절의 앳된 모습이 확실히 남아 있는 것을 느꼈다. 그럼에도 웃을 때 보이는 눈가의 잔주름은 어쩔 수 없었다. 어쨌든 아영은 이전의 사무적인 만남 때와는 또 달라 보였다.

"김석기 선임 기자님이 무슨 용건이 남으셨을까?"

십여 분 늦게 도착한 아영이 자리에 앉으며 물었다.

"여, 주말에도 바쁜가 봐, 반가워. 전에 말했듯이 옛날이야기나 하면서 밥이나 먹자고 불렀어. 딱히 용건은 없어, 정말."

아영은 앞자리에 석기를 마주하고 앉았다. 눈길을 돌려 옆에 한 자리 더 준비되어 있는 걸 보고서 의아한 표정을 지었다.

"누구, 더 오기로 했어?"

아영은 눈치가 빨랐다. 그런데 그땐 어떻게 그 일을 알아차리지 못한 걸까, 하는 생각이 들었다.

"진우라고, 알지? 이 근처 올 일이 있는데, 시간 나면 들르기로 했어. 근데, 바쁘면 못 온다고, 기다리지는 말래."

아영은 휴일에도 사무실에서 업무를 보다 온 듯 보였다. 점심시간에 맞춰 사무실 주변 식당에서 보자는 이유도, 그녀의 학창 시절 모습과 흡사했다. 타이트한 시간 계획, 밥 먹는 시간부터 모든 걸 삼십 분 단위로 계획을 세워 순

서대로 일하던 그녀의 어린 시절이 떠올랐다. 그럴 정도로 치밀했으니 법대도 졸업하고, 바로 다음 해 사법고시도 합격할 수 있었을 것이다.

실패를 모르고, 모든 일에 대비한 계획을 항상 갖고 있으며, 그 계획이 어긋날 경우에 대비한 계획마저도 미리 세우는 그녀였기에 가능했을 것이다. 그런 아영이 속았었다는 사실이 이상하게도 보였다. 결혼 전 주은의 낙태 사실을 숨긴 형석의 이야기를 이제라도 알게 된다면 어떨까?

이미 오랜 일이라, 거기다 이혼까지 했으니까 이제 알아도 괜찮을 것 같기도 하고, 그런데 또 다시 생각하면 이혼까지 했는데 굳이 알 필요가 없을 것이란 생각도 들었다. 이 둘 사이에서 석기는 고민에 빠졌다. 예전과 똑 같은 상황에 빠져드는 것 같았다.

"싱겁기는, 어쨌든 밥은 네가 사는 거다."

아영이 메뉴판을 펼쳐 메뉴를 골랐다.

"야, 친구끼리 오랜만에 소주나 한잔할까? 여기 아귀찜이 괜찮거든."

아영이 해맑게 웃었다. 아영의 눈가에 이전에 보이지 않던 잔주름이 잡혔다.

"그래, 좋지!"

대답을 하고 나서 석기는 이상한 기분에 감싸였다. 데자뷔(Deja vu)라고 하던가? 과거에도 언제가 한번 이런 일을 겪은 기분이었다. 그러다 문득, 오래전 학원 앞 호프집이 생각났다. 주은의 주사(酒邪) 때문에 가슴을 철컥 내려앉게 했던, 그 일들이 떠올랐다.

'좋냐? 아, 씨발 좋냐고? 심해? 아 그러셔? …… 몸보신을 좀 해야 해서. 잘 먹어야 한대, 의사가. 나, 애 지웠어…… 형석이 애.'

아영은 그날 주은처럼 취하진 않을 것이다. 그렇겠지, 강하고 똑똑한 사람이니까.

소주가 먼저 나오고, 그다음 접시 한가득 푸짐한 아귀찜이 나왔다.

석기는 아영의 잔을 먼저 가득 채우고 석기의 잔에 술을 따랐다.

"주은이 소식은 들었어?"

술잔을 앞에 두고 석기는 조심스레 아영에게 물었다.

"어."

아영이 감정 없이 대답했다. 그리고 잔을 들었다.

"자, 배고프다, 얼른 한잔하자."

아영은 "크으으" 하는 소리를 내며 소주를 삼키고, 이어 도톰한 아귀 한 조각을 젓가락으로 집어 입에 넣었다.

아영이가 들은 소식이 주은이 죽음인지, 아니면 다른 소식, 이를테면 소설가가 되었다거나 하는 소식을 들었다는 건지 헷갈렸다. 주은의 부음을 들은 것이라면 아영이 친구의 죽음에 충격을 받거나, 최소한 슬픔의 감정이 깃든 표정을 지었을 것이다. 그게 올바른 반응일 테니까.

"주은이가 유작을 쓰고 있었나 봐."

석기는 말을 달리해서라도, 주은의 죽음을 다시 한번 아영에게 확인받고 싶었다.

"그래? 재밌겠네."

아영은 여전히 입 안의 아귀를 오물거리며 무표정한 얼굴로 대답했다.

그 얼굴을 보면서 석기는 낙태 이야기를 꺼내야 한다고 생각했다. 주은의 삶이 꺾여져 내리기 시작한 순간이 그때부터였으니까. 아영도 왜 주은이 그렇게 되었는지 알아야 한다고 생각했다. 하지만, 이야기를 어떻게 꺼내야 할지 자신이 없었다. 그냥 떠보는 정도는 괜찮겠지 싶었다. 그러다 석기는, 결국 하지 말아야 할 이야기들을 줄줄이 꺼내고 말았다.

석기의 이야기를 말없이 듣던 아영이 젓가락을 식탁 위에 내려놓고 똑바로 석기를 노려봤다.

"그래서? 뭐? 내가 울고불고 난리라도 쳐야 하는 거야? 그걸 원해? 유치하게?"

석기는 그 기세에 눌렸다.

"아니, 그게, 그건 아닌데……."

"그 말을 하려고 불러낸 거니? 오랜만에?"

석기도 그 말을 하려고 나온 건 아니었다. 할 말이 없었다.

"야, 김 기자, 네 의도가 뭐야? 그 말을 끄집어낸 의도 말이야?"

분위기가 점점 더 험악해졌다. 아영은 조금 전까지와 백팔십도 달라진 눈빛이었다. 석기도 갑작스런 변화가 당황스러웠다. 아영의 미간에 깊은 주름이 잡혔다.

"아니, 그런 거 없어, 그냥 주은이 소식 얘기하다가…… 오래된 일이기도 하고…… 이혼도 했다기에……."

"주은이 얘기는 네가 먼저 꺼냈고, 그 오래된 일을 꺼낸 이유가 이혼과는 무관한 것 같은데, 안 그래? 무슨 기자가 핑계를 대려면 제대로 대야지, 왜 그렇게 맥락이 없어?"

아영의 눈빛은 칼날처럼 시퍼렇게 살기가 돋아 있었다. 평소 수습들을 닦달하는 일에만 익숙해져 있던 석기로서는 반대의 상황을 친구로부터 당하고 있으려니 조금씩 부아가 치밀어 올랐다.

"알고 있었구나. 언제부터야?"

석기는 최대한 감정을 억누른 채 말했다. 이번엔 아영이 머뭇거렸다. 아영이 빈 잔에 소주를 가득 담아 단숨에 한 입 삼키고 다시 잔을 채웠다. 그 모습이 석기에게 주은을 떠올리게 했다.

아영은 좀처럼 입을 열지 않았다. 둘 사이의 분위기는 점점 애매하고 험악해져 갔다.

그 순간, 진우가 식당 문을 열고 들어왔다. 분위기가 서먹한 와중이라 석기로서는 내심 반가웠다. 아영도 표정을 백팔십도 바꿔 반가운 얼굴로 진우를 맞이했다.

"야, 임진우, 맞지? 정말 오랜만이다. 넌 어떻게 하나도 안 늙니?"

아영의 말에 진우는 조금 전의 분위기도 모른 채 싱글벙글했다.

"어, 늦은 거 아닌가 모르겠다, 일이 좀 딜레이 돼서 말이야."

진우가 석기를 보며 눈짓했다. 휴일 낮인데도 진우의 얼굴은 무척 초췌해 보였다. 또 밤샘 작업을 한 눈치였다.

"무슨 일인데? 문화 예술계에 종사하는 네가 제일 한가해야 하는 거 아니니?"

아영이 석기를 외면한 채, 환한 표정으로 진우에게 물었다.

"앨범 작업하느라 어제부터 밤새웠거든. 지금 막 마무리 짓고 온 거야. 아아, 배고프다."

진우는 허겁지겁 아귀를 입에 넣으며 빈 잔을 들어서 석기에게 내밀었고, 아영이 그 잔에 술을 채웠다.

"우리 정말 오랜만이지 않냐? 알지? 너흰 내가 제일 사랑하는 친구들이라는 거. 자, 건배하자."

진우가 번갈아 잔을 부딪쳤다.

아영과 석기는 그 후로 주은의 이야기를 꺼내지 않았다. 사실 그런 면이 좀 있었다. 진우는 주은과 마찬가지로 사람들의 이야기를 잘 들어 주고 섬세하게 상대의 감정을 챙기며 공감하는 재주가 있었다. 그래서 지금처럼 어색한 분위기를 금세 편안한 분위기로 바꿔 놓곤 했었다. 그에 비해, 석기와 아영은 논리를 앞세워 따지기 좋아하고, 말싸움을 하더라도 절대 상대에게 지지 않으려는 오기가 있었다. 이제와 생각해 보니, 그때도 성격이 비슷한 친구들끼리 더 잘 싸우고, 더 잘 통했던 것 같다. 아영과 석기도 만날 때마다 말로 싸웠지만, 그러면서도 다음에 또 만났고 그러면서 다시 싸우기를 반복했다. 그땐 세상의 모든 일이 다 시빗거리처럼 보였고, 다 이유가 있는 것이라 여겼던 것 같다.

"형석인 잘 지내?"
 석기가 입을 열자, 또다시 침묵이 찾아왔다. 진우는 석기에게 눈치를 줬고, 아영은 또다시 미간을 찌푸렸다.
"너는 대체 왜 그래? 주은이, 형석이 얘기 빼고 할 얘기가 없니?"
 아영이 화가 난 듯 쏘아붙였고, 진우가 그런 아영을 말렸다.
"에이, 석기가 모르고 하는 소리야, 우리 친구잖아, 그 애들도 친구였고."
 진우, 아영, 석기. 셋은 조금씩 사이를 두고 연이어 깊은 한숨을 쉬었다.
 진우가 과거형으로 친구 얘기를 꺼내는 일마저, 석기는 어색하고 불편했다. 분위기를 의식한 진우가 가방에서 무언가를 꺼내 아영에게 내밀었다.
"참, 잊을 뻔 했는데, 이거 수혁이한테 줘, 아마 좋아할 거야."

"이게 뭔데?"

아영이 CD 케이스를 만지며 물었다.

"한여름이라고, 내가 곡 작업하고 있는 가수야, 모르는 애들이 없을걸."

석기는 그때, 처음 알게 되었다. 아영과 형석의 아들이, 아들 이름이 수혁이라는 것을 말이다.

"고마워, 너밖에 없다."

그 말을 하는 아영이 눈빛이 잠시 석기를 스쳐 갔다. 석기는 머쓱해질 수밖에 없었다.

그사이 진우의 전화가 울렸다.

"네, 박 실장님. 지금이요? 여보세요, 네?"

진우가 전화를 끊으며 자리에서 일어섰다.

"미안해서, 어쩌지? 작업한 게, 뭐가 하나 빠졌다네. 오늘까지 마감하는 거라 다시 가 봐야 할 것 같아, 미안해서 어쩌지?"

진우는 이미 어깨에 가방을 돌려 메고 있었다. 그의 눈이 아까보다 더 초췌해 보였다. 진우가 석기의 어깨에 손을 올렸다.

"은주에게 안부 잘 전하고……."

자리를 뜨며, 진우는 석기에게 다시 한번 의미심장한 눈빛을 보냈는데, 석기로서는 그 의미를 알 수 없어 의아했다. 약속 장소에 처음 왔을 때나, 갑자기 자리를 떠나며 보내는 눈짓이 분명 무슨 의미가 있는 것 같은데, 석기는 도저히 알 수가 없었다. 물론 아니겠지만, 혹시나 이혼한 아영과 아직 미혼인 석기 사이에 무언가를 기대하는, 그런 의미가 눈빛에 담겨 있는지도 모른다는 생각이 들었다. 진우는 그런 걸 내심 바라고도 남을 친구였다.

 진우의 생각과 달리 그가 떠난 자리는 다시 급속도로 냉랭해졌다.

"뭘 알고 싶니? 수혁 아빠와 주은 사이의 일? 아니면 그 이후의 일?"

 아영이 팔짱을 끼며 석기를 노려봤다.

"뭐든지."

 아영의 입에서 어떤 이야기가 나올지 두렵고, 또 궁금했다.

"그럼 누구에게도 말하지 않겠다고 약속해, 구두 약속도 법적 효력이 있는 거니까."

 석기는 고개를 끄덕였다.

"그럼 동의한 거로 알고. 흠."

 아영이 소주를 한 잔 삼키고 천천히 잔을 돌리며 내려

났다. 많이 마셔 본 듯 익숙한 손놀림이었다.

"주은이 수혁 아빠 아일 낙태했다는 건, 결혼 전에도 알고 있었어. 굳이 아는 척 안 했을 뿐이야. 낙태한 애가 내 아이도 아니고, 남편이 결혼하기 전에 일어난 일인데, 뭐? 나하곤 상관없는 일이잖아, 안 그래?"

아영의 눈이 조금 촉촉해졌다. 미간의 깊은 주름이나 살기 어린 눈빛은 이제 어디에도 없었다.

"난 그냥, 현실적으로 가장 나은 선택을 했고, 그뿐이야. 나는 수혁 아빠와 사이에서 수혁이를 낳았고, 그 아이가 나에게나 그 사람에게 유일한 아이야. 이혼은 별개의 문제고."

아영이 호흡을 가다듬었다.

"내가 그 사람을 더 이상 견뎌 낼 수 없었어. 굳이 결혼 관계를 유지하지 않더라도 아이와 아빠 사이는 변할 게 없는 거잖아. 그건 수혁 아빠와 나의 문제일 뿐이니까. 나는 이혼도 당시에 내가 할 수 있는 가장 최선의 선택이었다고 생각해. 그리고 그 선택에 후회는 없어. 됐니?"

아영이 모르고 있을 거로 생각했고, 그래서 그녀를 동정했었다.

그런데, 그녀의 말대로라면 아영이 석기를 비롯한 친구

들을 속인 셈이었다. 석기는 등골이 오싹했다. 누가 누굴 속이고, 누가 누구를 이용한 걸까. 머리가 어지러웠다.

이젠 누굴 동정해야 하는지 생각하고 있을 때 아영이 말했다.

"참, 발설하면 손해 배상 소송할 거야, 알지? 나 변호사라는 거?"

석기가 묵묵히 고개를 끄덕였다.

12
SCHEMA

시간이 흐르면서 잊힐 일들은 잊히고, 남은 일들은 관성에 따라 제자리를 찾아갔다. 죽은 사람은 세상 사람들의 관심사로부터 멀어졌고, 석기는 살아 있는 사람들이 죽네, 사네 하는 일들을 값싼 문장으로 정리해 세상에 내보내는 일에 몰두했다.

다행인지, 불행인지 모를 삶들. 사는지, 살아 내는 건지 모를 삶들. 석기 또한 그런 삶을 살고 있으면서, 다른 사람들의 그렇고 그런 이야기를 기사로 전하고 있었다.

누군가 죽고 죽이는 세상의 사건 사고들을 접하고 지내던 어느 날, 경찰서를 담당하던 신참 수습기자의 전화 보고를 받았다. 매일 정해진 시간에 반복되는 의례적인 보고였다.

– 어, 보고해.

– 네, 유명 작사가, 작곡가이자 유명 사립대 교수인 51세 김 모 씨가 자택에서 변사체로 발견됐습니다. 신고자가 아내인데, 아내도 현장에서 피투성이인 채로 발견되었습니다. 사망한 피해자 김 씨는 보스턴에 위치한 버클리 음악대학에서 현대 실용음악을 전공하고 한국으로 돌아와 모 대학의 종신 교수로 재직 중이었으며, 수많은 히트곡을 프로듀싱한 유명 작곡가입니다. 피의자는 29세의 아내로 피해자의 제자로 만나, 스물두 살의 나이 차를 극복하고 결혼해 화제가 되었던 인물입니다. 아내는 현재 외상이 없는 상태로, 외부 침입이 없는 것으로 미루어 일단 용의자로 인지해서 경찰로 이송되었습니다. 아직 용의자가 진술을 거부하고 있어서 아직까지 밝혀진 건 없습니다만 발견 당시 피의자는…….

결국, 그 일이 은주에게 일어나고 말았다.

苦海

고해

스콧 팩의 책 『아직도 가야 할 길』의 첫 문장, '삶은 고해다'에서 인용하였다. 인생은 고통의 바다라는 것이다. 위의 책에서 스콧 팩은 인생은 문제의 연속이고, 이를 해결해 나가는 과정에서 삶의 의미를 찾을 수 있고 이것이 진정한 가치의 행복이라고 말한다.

SCHEMA

 주은의 노트북 잠금이 풀렸다. 작업을 한 엔지니어는 주은의 노트북이 포맷된 상태라서 건질 만한 게 별로 없었다고 했다. 여러 가지 복구 프로그램을 돌려 봤지만, 살려 낸 게 거의 없었다는 것이다. 이 정도의 상태가 되려면 수차례 반복적으로 포맷을 했을 것이라는 설명이었다. 수작업으로 하려면 많은 시간이 걸렸을 텐데, 누군지 참 독한 사람이라며 노트북 컴퓨터의 주인이 누구냐고 묻기까지 했다.

 주은이 왜 그랬을까. 자신의 죽음을 앞두고, 글을 남기기보다 지우기를 택했다는 것을 도무지 이해할 수 없었다. 한편으로는 주은이기에 그럴 수도 있을 것이란 생각이 들었다.

 그래도 다행인 건, 반복적으로 포맷된 파일들 외에 비교적 근래에 포맷된 한글 파일 몇 개를 어렵사리 복원할 수 있었다는 것이다. 엔지니어는 언제 밥 한번 사라며, 뿌듯한 표정으로 자료가 담긴 이동식 저장 장치를 건넸다. 아마도 죽기 직전에 쓴 글들 중 일부를 복원한 모양이었다.

 남긴 글들이, 어찌 보면, 주은의 진짜 유서라고 할 수 있을 듯했다. 주은이 죽음에 이르는 부정, 분노, 타협, 우울을 겪어 수용에 이르기까지 죽음에 이르는 다섯 단계를 잘 견뎌 냈을까. 그의 마지막 고민과 사유가 궁금했다.

 이동식 저장 장치를 컴퓨터에 꽂았다. 컴퓨터가 요란한 소음을 내며 외부 저장 장치를 검색하기 시작했다. 바탕화면의 화살표가 동그라미로 변하더니 한참을 제자리서 맴돌고만 있다.
 주은의 소설이 사라졌다.
 아예 처음부터 존재하지 않았는지도 모른다.
 자신의 삶과 함께 흔적마저 남기지 않고 사라지길 원했던 주은은 어떤 심정이었을까.
 상처 준 이들을 용서했을까, 죽는 순간 그의 마음은 홀가분했을까……
 망자를 잊기 위해 옷가지를 태우듯, 그녀는 죽기도 전 자신의 인생을 깨끗이 지우고 떠났다. 처음부터 존재하지 않았던 것처럼.
 복구된 문서 파일은 모두 여덟 개였다. 죽음이 임박한 시기에 쓰인 짧은 상념들로 소설에 대한 생각이나 꿈, 과거의 삶과 그에 관한 이야기들이 넋두리처럼 두서없이 쓰여 있었다. 누군가에게 보여 줄 의도가 있는 문장들은 아닌 게 분명했다. 그럼에도 주은이 남긴 글들로 그의 마음을 얼마간 가늠해 볼 수는 있을 것 같았다.

1
S C H E M A

평상시와 같이 아침에 눈을 떴다. 그런데 눈을 뜨고 맞이한 광경은 평상시 같지 않다. 내가 누워 있는 이곳이 어딘지 모르겠다. 천장은 네모난 형광등이 불이 꺼진 채, 밋밋한 아이보리색 천장 벽지가 눈에 보인다. 그 가운데로 긴 빛 한 자락이 쳐진 커튼 자락 사이를 비집고 길게 이어지고 있다. 몸을 뒤척이니 삐거덕, 소리가 난다. 나는 푹신하지만 오래된 침대 위에 누워 있다. 사위는 어둡다. 나는 차마 커튼을 열지 못한다. 대신 방 안을 이리저리 헤맨다. 방 옆으로 조그마한 문이 열려 있다. 화장실이다. 문을 열고 들어가 화장실 불을 켠다. 눈이 부시다. 아득하게 정신이 멀어지려 한다. 현기증이 인다. 몸이 휘청거리는 순간, 나는 간신히 화장실 문을 부여잡는다. 화장실 안에 작은 칫솔 통이 눈에 들어온다. 그 안에는 하늘색과 핑크색 칫솔

두 개가 덩그러니 담겨 있다. 변기 위의 장을 열어 본다. 그 안에는 생리대와 아래쪽에 가지런히 개어진 수건이 눈에 들어온다. 장을 닫으니 거울에 어깨까지 머리가 긴 내 모습이 비친다. 볼일을 보고 물을 내린다.

좀 가뿐한, 상쾌한 기분이 든다. 화장실에서 나와 방문을 열고 거실로 나선다. 낯선 남자가 소파에서 앉아 티브이를 보고 있다. 그 남자가 내게 인사를 한다.

"잘 잤어?"

너무도 태연한 표정이다. 그런데 나는 그가 누군지 모르겠다. 나를 내려다봤다. 내가 왜 속이 비치는 파자마를 입고 있는지도 모르겠다.

"아, 네"라고 짧게 대답하고, 나는 급히 방으로 몸을 피했다.

'이게 무슨 상황인가?'

이해가 되지 않았다. 화장대 위를 보았다. 방금 본 앳된 모습의 남자와 내가 결혼식장에 같이 서 있었다. 뒤에는 주례로 보이는 사람이 있고, 남자와 나는 누가 보아도 신랑과 신부의 모습이다. 그럼 방금 본 그 남자가 내 남편인 것이다. 그런데 기억이 나지 않는다. 머리에 손을 짚어 보니 미열이 있다.

나는 미친 것일까?

나중에야 짐작할 수 있었다. 그게 내가 그토록 원하던 미래의 한 장면일지도 모른다는 걸, 내가 결코 살아볼 수 없는 미래 말이다. 아직도 그게 내 안에 있었다. 내 무의식 속에.

S C H **2** E M A

어느 날 기타 줄을 손가락으로 하나하나 짚어 가며 코드를 외우고 있었어요. 어느 순간 내가 튕기지 않은 기타 줄이 흔들리는 걸 발견했어요. 정말 신기해서 자꾸만 기타 줄을 튕겼어요. 튕기지 않은 기타 줄이 저절로 움직이는 게, 정말 마술 같았거든요. 나중에 알았어요, 그걸 공명이라고 한다는 것을요.

그러다 사람을, 사람들을 생각했어요.

내가 다른 사람에게 그런 일을 할 수 있으면 좋겠다는 생각을요. 그건 정말 마법 같은 일이지만, 정말 일어날 수가 있겠다는 믿음도 같이 생겼죠.

하지만, 살아가면서 그게 힘든 일이라는 걸 알게 됐어요. 사람들은 자신만을 보고 살거든요. 아무리 세게 줄을 튕겨도, 여러 번을 계속 반복해서 튕겨도 흔들리지 않더라고요.

악기가 필요하단 걸 깨달았어요. 줄이 있는 악기는 울림통이 있어요. 튕긴 줄의 진동을 모아 증폭시켜 준다는 걸 알게 된 거죠. 그런 게 아닐까요, 소설은.

결국, 모든 예술은 결국 공명이라 생각해요. 소설도 마찬가지고요.

3
S C H E M A

미칠 것 같던 시기가 있었다.

정말이지 전혀 다른 세상이 갑자기 내 앞에 펼쳐졌다. 내 의지와 무관하게 나는 그런 세상에 들어선 것이다.

괴로운 시기의 누구나가 그렇듯이 '왜 이런 일이, 하필 나에게…'를 되뇌었다. 그러다 문득, 다른 사람들에게도 다 일어나는 일들이 나한테만 일어나서는 안 되는, 일어나지 말아야 할 이유를 생각해 보았다. 그런 이유는 없다. 그건 누구에게나 일어날 수 있는 자연스러운 일 중 하나였다, 그 일은.

그걸로 끝났으면 좋으련만, 이유를 찾았던 '머리'와 달리 '가슴'은 여전히 원망으로 가득했다. 다시 '머리'가 대안을 제시했다. 미칠 것 같으면, 차라리 미쳐도 되는 일, 아니 어쩌면 미쳐서 더 잘할 수 있는 일을 찾으라고.

그게 '소설'이었다.

나는 미칠 정도로 소설에 미치고 싶다.

4
S C H E M A

너 피해 의식이 있는 거 아냐?

그가 말했다.

십여 년이 지난 지금까지도 그 남자는 나를 강간했다고 생각하지 않는다.

그는 사랑을 했었고, 이별을 했을 뿐이라고 말한다.

그사이의 일은 모두 과거라고 말이다.

실재하지 않는 과거의 기억이라고 했다.

게다가 그는 정신과 의사이니 그의 말이 옳을 것이고 내 생각은 편

협한 피해 의식일 것이 분명했다.

나에겐 또 하나의 감정이 있었다. 죄책감이다. 나는 잘못한 것이 분명하다. 내 몸이 그걸 알고 있다. 반면, 그는 자신의 잘못에 대해 모든 것을 부인한다.

그는 선한 사람이라 한다. 반면, 나는 죄인이 된 기분이다.

아이를 지워서일까? 생명을 죽인 행동을 내가 직접 행했기에 나는 살인을 저지른 것일까.

낙태를 줄기차게 주장한 그는 살인교사가 아니라, 자신의 의견을 말했을 뿐이라고 말한다. 그의 의견을 수렴하여 스스로 살인을 저지른 사람은, 그러니까 살인자는 바로 나라고, 그 정신과 의사라는 자가 말한다.

내 탓이냐고?

내 탓이다.

난 그날 밤 술을 마셨고, 젊은 날의 기분에 취해 그의 품에 스스로 안겼는지도 모른다. 그날 밤을 돌이킬 수 없다.

사람을 믿지 말라는 아버지의 말을 믿지 않았다.

그의 주장처럼 술 취한 나를 그가 범한 게 아니라, 술에 취한 내가 그에게 안겼는지도 모른다.

내 탓이었다.

일단은 아이를 지우고 다시 처음부터 시작하자는 그의 말을 믿었다.

아버지는 부모도 믿지 말라고 했는데, 나는 결국 아버지의 말을 믿지 않은 셈이다.

나를 위한 결정이라는 그의 순수함을 믿었다.

모든 사람에겐 선한 의도가 있다는 그 순진한 룰을 나는 믿었다.

믿지 말라는 걸 믿었으니, 당연히 내 탓이다.

S C H **5** E M A

꿈을 꾼다.

그게 죽이는 꿈도 되었다가, 죽는 꿈이 되곤 한다.

항상 누군가 죽고, 죽인다.

어느 날은 그 꿈이 너무도 생생해 하루 종일 살인을 한 것처럼 불안에 떨었던 날이 있었다.

그런 생각이 내 무의식 안에 있는 것만으로도 난 살인을 했거나 할 수 있는 사람이 된 것처럼 두려웠다.

맞아, 난 이미 살인을 저질렀었지. 내 아이를 죽였으니, 그것도 존속 살인이 되는 건가.

웃고 싶었으나, 웃으면 내 자신이 너무도 섬뜩할 것 같아 웃지 못했다.

그는 이 모든 게 그저, 나의 '피해 의식'이라고 한다.

6
S C H E M A

변호사는 말한다.

범죄가 성립되지 않으니, 죄가 아니라고.

죄가 없는 사람은 선량한 사람이라 한다.

변호사는 덧붙인다.

선량한 사람에게 죄가 있다고 말하는 것이 범죄라고 한다, 무고죄라는 이름의.

법이 그렇다고 말한다.

그러니, 조용히 웅크려 숨만 쉬고 있으라고.......

도덕과 윤리를, 법이 재단하는 세상이 되었다.
사람의 양심이 할 일은 없다, 이젠.

S C H **7** E M A

선한 사람들은 고통을 받는다.
사람과의 일에서, 선한 사람은 자신의 실수를 찾지만, 악한 사람은 상대의 실수를 찾는다.
선한 사람이 상처받고 고통받는 것은, 그래서 어쩔 수 없는, 당연한 일이 된다.
만일 상처받은 악인이 있다면, 그렇다고 주장하는 악인이 있다면, 그는 상처나 고통이 아니라 단지 고민을 하는 것이다. 악인에게는 필연적으로 욕심이 있으므로 이에 따른 근심과 걱정은 항상 있는 거니까.
그래서 악한 사람은 슬플 수 없고, 슬픈 사람은 선할 수밖에 없다.

결국 선한 사람은 고통받고, 슬픈 인간일 수밖에 없다는 불편한 진리에 도달한다.

8
S C H E M A

한 소설가를 만났다. 그는 내가 등단한 신춘문예의 심사 위원이었는데, 나는 내 작품을 뽑아 준 그에게 감사의 마음을 전하고도 싶었고, 내 작품의 장단점과 나아갈 길 같은 여러 가지 이야기를 듣고 싶어 예전부터 그와 만나고 싶었던 터였다.

마침 소설가는 근대 페미니즘 작가들의 일생에 관한 논픽션을 막 출간한 상태였고, 그 책을 읽었던 나는 겸사겸사 저자의 사인을 받겠다는 구실로 소설가가 사는 동네 식당까지 찾아가 그를 만났다.

소설가는 식사가 끝나고 심사 위원이었던 자신이 접대를 받을 수 없다며, 서둘러 자리에서 일어나 식비를 계산하고 밖으로 나가 버렸다.

나는 식당 앞에 서서 소설가에게 읽었던 책을 내밀며 사인을 부탁했다. 소설가는 가방에서 주섬주섬 볼펜을 꺼내고 있었다.

"선생님, 이 책에 나온 소설가들은 하나같이 다들 불행한 삶을 살았던 것 같은데, 그들은 불행해서 소설을 썼을까요? 아니면 소설을 쓰다가 불행하게 됐을까요?"

무심히 던진 내 질문에, 소설가는 잠깐 기다리라고 말하며, 식당 옆 골목으로 들어가 담배를 꺼내 피웠다. 깊은 한숨을 쉰 후, 한참 만에 소설가가 대답했다.

"운명이겠죠. 그들이 불행한 것도, 소설을 쓰게 된 것도. 하지만 그들의 불행을 당신 기준으로 재단하려 들지 마세요. 그들은 즐거움, 쾌락, 부유함 따위를 행복으로 생각하지 않았을지도 몰라요. 하나의 완벽한 소설을 쓰는 게, 그들에게 행복이었을지도 모르죠. 그래서 하나의 작품을 쓰기 위해 삶을 아플 만큼 깊게 살았던 건지도 모르고......."

작가의 말

내 몸의 일부였던 이것을 떼어내
여기에 내어놓습니다.

세상에 하나뿐인 멋진 것이었다가
혐오스러운 살덩이였다가
그저 하나의 책이 되어 버린
이게 무엇인지 잘 모르겠습니다.

나인 것도
내가 보는 세상인 것도 같습니다.
그러다가 문득,
모든 것이 그저 머릿속의 공상일 뿐이라는
생각도 듭니다.

그렇지만,
말하고 싶은 무언가를
오랜 시간동안 담아온 것이므로
그저 공상으로 치부된다면
섭섭한 마음이 들 것만 같습니다.

허상도 아니지만 진실도 아닌,
아니,
그게 아닌 것 같습니다.

허상이지만 진심이기도 한,
그래,
이건 무엇일까요?

나는 무엇을 쓴 것일까요?

추천의 글

....

로빈 쿡, 마이클 크라이튼, 마이클 파머, 테스 게리첸……. 의사이면서 작가인 재주꾼들의 이름이다. 의사 작가의 명단에 과감히 이름을 올릴 작가가 한 명 탄생했음을 『스키마』가 여실히 증명하고 있다. 정신과의사, 변호사, 디지털장의사, 음향기사, 기자, 프로듀서이자 실용음악과 교수, 무명의 소설가 등이 등장하는 『스키마』는 기억의 편향성과 인지왜곡이 빚어낸 비극성과 관계의 부조리를 촘촘하고 치밀하게 묘사하고 있다. 비정하리만큼 등장인물 누구에게도 경도되지 않는 작가의 엄정한 객관적 시선은 역설적으로 모든 인물에게 감정이입하도록 추동한다. 신예 작가의 노련함이 무섭고도 경이롭다.

....

소설가 이화경

....

우리는 어느새 보고 싶은 것만 보고, 믿고 싶은 것만 믿는 존재가 되어 버렸는지도 모른다. 그 안에서 누군가를 판단하고, 또 재단하고 심지어 심판까지 내리는 게 당연한 삶이 되어 버렸다. 칸막이는 높고 두꺼워졌으며, 그 칸막이에 이성과 합리, 과학의 이름까지 부여한다. 낯선 것을 경계하고, 안 그런 척 포즈를 취하지만 실은 내면의 성벽은 더 높이 쌓아 올리고 있다. 어떤 의미에서 현대의 작가란 그 성벽에 균열을 내고 구멍을 뚫어 다른 저편을 바라보게 하는 자일 것이다. 오류에 대해서 생각하고 예외에 대해서 고민하는 것이 바로 작가의 글쓰기일 것이다. 조안영의 장편소설 『스키마』에서 우리는 그 구멍과 구멍 사이에 연결된 작은 실 하나를 보게 된다. 작가는 마치 '수동적 의존성'에 빠진 우리의 정신과 마음을 부검하는 검시관처럼 그 이면과 그 관계를 필사적으로 파헤쳐 들어간다.

조안영은 이 작업을 미스터리와 추리라는 형식을 빌려 진행했는데, 사건의 진실이 하나하나 드러날수록 우리의 믿음과 예상은 보기 좋게 어긋나버린다. 말하자면 이 소설은 플롯 자체가 하나의 주제인 이야기이다. 그리고 결국 도달한 곳에서 우리가 마주한 실체는 우린 어쩌면 하나의 악기에 연결된 줄이라는 것, 다른 줄이 튕겨질 때마다 우리의 줄 또한 울릴 수밖에 없다는 것이다. 그 줄들을 한데 모아 놓은 '울림통'이 바로 이 소설이다.

소설가 이기호